光文社古典新訳文庫

グランド・ブルテーシュ奇譚

バルザック

宮下志朗訳

kobunsha classics

光文社

Title : LA GRANDE BRETÈCHE
1832
LE MESSAGE
1832
FACINO CANE
1836
MADAME FIRMIANI
1832
DE L'ÉTAT ACTUEL DE LA LIBRAIRIE
1830
Author : Honoré de Balzac

目次

グランド・ブルテーシュ奇譚

グランド・ブルテーシュ奇譚

1

ヴァンドームの町をほんの少しでると、ロワール川沿いにとても高い屋根をのせた、くすんだ古い屋敷がある。まったくの一軒家で、小さな町にはたいてい見かける悪臭ただようなめし革工場や、みすぼらしい宿屋がまわりにはない。

屋敷の前には、川に面した庭があり、ツゲの木が何本も植えられている。昔は庭の小道に沿って短く刈りこまれていたが、今では、勝手気ままに伸び放題になっている。しかもロワール川の岸辺に生えたヤナギの木が、まるで生け垣みたいにぐんぐん伸びて、屋敷をなかば隠してしまっていた。雑草と呼ばれるような植物群が実にみごとに生い茂り、土手を彩っている。果実のなる樹木は、この一〇年というもの手入れもされず、もはや実もなることなく、枝からは新芽が好き勝手に出ている。ほかの樹木たちも列をなして立ち並び、あたかもトンネルのようである。もともとは砂利が敷きつめてあった庭の小道も、スベリヒユで埋めつくされ、もはや小道の影も形も見えない。ヴァンドーム公爵の古城の廃墟がぶらさがるように残っている山頂は、この屋敷を見渡せるただひとつの場所なのだが、そこに立ってみると、いつとはわからぬものの、この小さな土地が、バラやチューリップなどを好み園芸を愛し、美味な果物に目がない貴族がかつて大いに愛した場所であったように思われてくる。

緑のあずまやというべきか、そのなごりが残っていて、そこにはテーブルが一脚置かれている。時の流れも、これらのものをすっかり破壊し尽くすことはできなかったのである。もはや廃《すた》れてしまったこの庭を眺めていると、田舎でこそ味わえる平和な生活という消極的な楽しみを思い描くことができる。それは、さしずめ墓碑銘を読んで、一人の善良な商人の生きざまを想像するようなものである。この庭の、人の心をとらえる悲しく甘美な追想の仕上げのように、壁面の一角が日時計となっていて、「最後の時《ウルティマム》を考えるべし《コギタ》」という、いかにもキリスト教的な凡庸な銘がそこに刻まれている。

屋敷の屋根はひどく傷んでいる。よろい戸は閉めきりで、バルコニーはツバメの巣だらけ、どの扉もずっと閉じたままである。伸び放題になった草が階段の石のすきまにびっしりと生えて、緑色の線を何本も作っている。金具はどれも錆びついている。月と太陽、冬と夏、そして雪が木材に穴をうがち、板をゆがめ、塗料を腐食させたのだ。

この場所を支配する陰気な静けさをかき乱すのは、勝手に走りまわって、喧嘩をし、食ったり食われたりしている鳥やネコ、イタチやネズミだけである。そうしておいて、目に見えない手がいたるところに「神秘」ということばを書きこんでいたのである。もしもあなたが好奇心に駆られて、この屋敷を通りの側から見るならば、上方が半円形となっており、地元の子供たちが穴だらけにしてしまった大きな門が見えてくるだろう。わたしは、この門が一〇年間閉じられたままだと、あとから知ったのだった。この不揃いな穴から中をのぞけば、建物の左側と右側の正面の印象が完全に調和していることが見てとれるにちがいない。つまり同じ荒廃がそこに現れているのだ。敷石を取り囲むように雑草がぼうぼうにはえている。壁のあちこちには大きな亀裂が走り、その最上部は黒ずんで、イラクサのつるが幾重にもからみついている。入口の階段はがたがたで、鐘を鳴らす紐も腐り、雨樋もこわれている。

1　パリの南西一七〇キロの町で、幾筋もの川に囲まれた旧市街が美しい。バルザックは少年時代、この町の学校で寄宿舎生活を送った。

それにしても、いかなる業火が天からここに降ってきたのだろうか？　いかなる裁きがこの屋敷に塩をまくこと[2]を命じたのだろうか？　はたして神を冒瀆したのだろうか？　あるいは、フランスを裏切ったのだろうか？　おのずとこうした疑問が浮かんでくるのだが、この廃墟のような屋敷はそのような疑念に答えることなく、ただヘビやトカゲが地面をはうにまかせていた。人気《ひとけ》のないこの空き家は大きな謎を投げかけてはいるものの、その答えをだれも知らないのである。

この屋敷は、その昔は小規模な領地のなかにあり、《グランド・ブルテーシュ館》と呼ばれていた。わたし[3]はデプラン先生[4]の指示で、とある金持ちの婦人の治療を任せられ、このヴァンドームに滞在していたのだが、その間、この奇妙な屋敷を眺めることが最大の楽しみのひとつとなった。ここは単なる廃墟以上のものではないだろうか？　廃墟というものは、常に反論の余地のない歴史的事実なるものと結びついている。ところが時の流れという復讐の手によってゆっくりと取り壊されつつあるとはいえ、いまだに姿を保っているこの屋敷は、ある秘密を、ある未知の想念を閉じこめていた。少なくとも、現在の屋敷の姿が一つの運命のいたずらによるものであることを、はからずも示していたのである。

夕暮れどきになると、わたしは一度ならず、この廃墟を囲む伸び放題になった生け垣にわが身を近づけてみた。ひっかき傷をものともせずに、もはや公有地とも私有地ともいえない、主《あるじ》なきこの庭に入りこんだ。そうしてこの荒廃したありさまを眺めながら何時間もそこにとどまるのだった。この異様な光景には、おそらくなにか因縁めいた話があるだろうことは察しがついたものの、そのいきさつを知るために、ヴァンドームのおしゃべりな人間をつかまえて聞きただす気にはなれなかった。わたしは、その場所で、甘美な小説をいくつも創作していたのである。わたしをいつも魅了する憂愁という名の放蕩に少しばかり身を委ねていたのである。屋敷が荒廃した原因はきっとありふれたことにすぎず、それがひとたびわかってしまえば、わたし自身が作り勝手に酔いしれていた未発表の詩の数々を失うことになるに決まっていた。わたしにとっては、この隠れ家は不幸に見舞われて暗転してしまった人生の、さまざまな姿

2　忌むべき場所のしるしである。「主は大河を荒れ野とし、水の源を乾いた地とし、住む者の悪事のために、実り豊かな地を塩地とされた」(旧約「詩編」一〇七)。

3　語り手の、医師オラース・ビアンション。

4　名外科医で、ビアンションの恩師。『ゴリオ爺さん』など、さまざまな作品に登場する。

を映していたのである。それは、あるときは修道士のいない僧院の表情を見せたし、あるときは墓碑銘を通してこちらに話しかけてくるはずの死者もいなくなった墓地の静けさを表現していた。今日は死病に苦しむ者の家であるかと思えば、明日はアトレイデス一族[5]の家となるのだった。とはいえ、なによりもそこは瞑想と砂時計のようにゆっくりと過ぎゆく生活が支配する、田舎そのものなのであった。

わたしはそこでよく泣きはしたが、笑ったことは一度もなかった。モリバトが不意に飛び立つときのバサバサッという羽音を頭上に聞いて、思わず恐怖を覚えたことも何度かあった。地面はいつもじめじめしていた。わが物顔に闊歩するトカゲやマムシ、カエルに気をつけなくてはいけなかったし、なによりもぞっとする冷気を恐れてはならなかった。というのも、そこにしばらくいると、ドン・ジュアンの首をつかんだ石の騎士の手のように、肩のあたりに氷のマントをかけられるような気がしてくるのだ[6]。

ある夕方、わたしの全身が総毛立った。錆びついていた風見が、ときならぬ風のせいで突然まわったのだ。きしむようなその音が、この屋敷があげた呻き声のように聞こえた。ちょうど、この記念建造物と化した廃墟に見られる苦悩の原因を説明しようと想像の翼を広げていて、とても陰惨なドラマが、いままさに結末を迎えようとする瞬間だったのである。暗い想念にとらわれたまま、わたしは宿屋にもどった。夕食をすませると、宿の女将《おかみ》が秘密めかした様子で部屋に入ってきて、こう言った。

「ルニョーさんがおいでですよ」

「ルニョーさんて、だれのことですか？」

「えっ、ルニョーさんをご存じないですって？　変ですわね」そういいながら彼女は部屋を出ていった。

突然、ひょろっとした背丈の高い黒ずくめの男が、帽子を手にして姿を現した。今にもライバルに突進していこうとするオヒツジみたいに、そりかえった額と、とんがった頭と、よごれた水の入ったコップみたいに青白い顔を、ぬうっとこちらに突きだしたのである。さしずめ差し押さえに来た執達吏といったところだった。この見知

5　ギリシア神話の英雄で、兄弟のティエステスとの骨肉の争いで有名なアトレイデスの子孫たちのこと。特に呪われた一族の代名詞。息子のアガメムノンとメネラオスをさす。
6　ドン・ジュアン（ドン・ファン）は伝説の色事師で、自分が殺した騎士の石像を食事に招くが、最後は石像によって業火に焼き殺されてしまう。この「石の招客」をイメージした表現。

らぬ男は、着古して折り目もすりきれたような背広を着ていたものの、シャツの胸飾りにはダイヤモンドを、耳には金のイヤリングをつけていた。

「どなたでしょうか?」わたしは聞いた。

男は椅子に腰かけて暖炉の前に陣取ると、テーブルに帽子を置き、もみ手をしながらこう言った。

「まったく、寒いですな。ルニョーと申します」

わたしは、「はてさて、だれだろうか?」と考えながらお辞儀をした。

「ヴァンドームで公証人をしております」

「それはお会いできて光栄です」わたしは大声でいった。「しかしですね、わたしは遺言を作成するような状況ではありませんよ。理由は、自分でもよくわかっているつもりです」

「いや、お待ちください」彼は、あたかもわたしを黙らせるかのように手を上げながらこういった。「失礼ですが、時折グランド・ブルテーシュの庭に散歩に行かれているとうかがったものですから」

「ええ、そうですけど」

「お待ちください」彼はまた同じしぐさをしながらいった。「その行為はりっぱな犯罪ですぞ。わたしは故メレ伯爵夫人の名において、その遺言執行人として、あなたにその散策をやめていただくようお願いにまいったのです。いや、お待ちください。わたしは別に、血も涙もない人間ではありませんから、あなたを罪人あつかいするつもりなどございません。それにヴァンドーム随一のお屋敷を、荒れ果てたままにしておかなければいけない事情につきましては、あなたさまがご存じないのも無理はないのでして。しかしですね、あなたさまはどうやら教養もおありのようにお見受けしますし、囲われた所有地に勝手に入れば、法律で厳しく罰せられることはご存じかと。生け垣は塀と同等なのであります。もっとも屋敷があああした状態ですから、あなたが好奇心を抱かれるのも仕方のない話です。わたしとしても、あの屋敷にあなたを自由に行き来させてあげたいのは山々なのですが、なにしろ遺言作成人の意思を実行する職務を負っておりますものですから、今後はあの庭に入らないようお願いしている次第なのです。よろしいですか、このわたし自身、遺言が執行されてからこのかた、あの屋敷には足を踏み入れてなぞおりませんぞ。申し上げておきますが、むろん、お屋敷はメレ夫人の遺産の一部なのであります。いまは亡き伯爵夫人が納税用に設定しました基金のなかから、税金[7]を毎年支払っております。わたしが屋敷に入ったのは、その課税額を計算するためにお屋敷の扉や窓の数を確認したときだけなのでございます。いいですか、あなた、夫人の遺言は、ヴァンドームの町でずいぶんと評判になったのでございますよ」

こういうと、このりっぱな御仁は話を中断して洟《はな》をかんだのである！　わたしは、彼の饒舌さに敬意を表した。メレ夫人の相続問題こそは、彼の生涯における最重要の案件であり、彼の名声にして栄光であり、いわば「王政復古」のように彼の名誉を回復する事柄であることが実によく理解できたからである。わたしは、美しい夢想や物語におさらばしなければいけなくなったのだ。そこでわたしは、公式の筋から事の真相を知るという快楽に逆らうことはしなかった。

「では、ぶしつけながら、なぜこのような風変わりな措置をされたのか、その理由をおたずねしたいのですが」わたしは彼に聞いてみた。

すると公証人は、満面に喜びの表情を浮かべた。それは、待ってましたとばかりに、お得意の話題を持ち出す人間の顔つきであった。彼はなんだか偉そうに、シャツのカラーをぴんと立てると、タバコ入れを取り出しておもむろに開け、わたしに刻みタバコをすすめたが、わたしが断ったので自分でそれをたっぷりひとつまみつかんだ。彼はうれしかったのだ！「十八番《おはこ》の話題がない人間は、人生を味わい楽しむということが少しも分かっていないのである。得意な話題は、情熱と偏執のちょうど中間に位置する」――わたしはこの瞬間に、スターンのこの名言を完全に理解した。そしてトービー伯父さんが、トリム[8]に手伝わせてその十八番《おはこ》を繰り広げるときに、どれほどうれしかったのか、すっかり納得がいったのである。

ルニョー氏はこう語り出した。

「わたしは以前、パリで公証人ロガン[9]の書生頭をしていました。最高の事務所でしたが、あなたもうわさを聞いたことがおありでは？　いやあ、実はですね、あの人はとある破産事件にかかわりましてね、それで有名になったのです。しかし一八一六年に

7　「家屋税」で、扉・窓の数や家具の品質といった富の指標で、課税額が決定されたらしい。一九一七年に廃止された。

8　トービー伯父はローレンス・スターンの怪作『トリストラム・シャンディの生活と意見』に登場する、軍事おたくの退役軍人。主人公トリストラムの伯父。トリムはトービーのかつての従卒。

9　『セザール・ビロトー』などに登場する。

は、公証人事務所の運営に必要な経費の額がかなり上がっておりまして、わたしにはパリで開業するほどの資金もありませんので、この町にきて先任者の事務所を買い受けたのです。ヴァンドームには親戚がおりまして、なかでもとても裕福な叔母がいて、娘を嫁にくれたような次第で……」

こういうと彼は、ほんの少しばかり間をおいてからこう続けた。

「法務大臣の認可を得てから、三か月ほどたったころでしょうか、ある晩、そろそろ寝ようとしていたときに――わたしは、まだ独身でした――、メレ伯爵夫人に、メレの城館まで呼びつけられたのです。夫人の小間使いは、なかなかしっかりした娘でして――いまは、この宿屋で働いていますがね――、彼女が、伯爵夫人の幌付き四輪馬車で、わが家の戸口まで迎えにきました。あ、ちょっと待ってください。メレ伯爵はですね、わたしがヴァンドームにくる二か月前にパリに行きまして、そこで亡くなられたことを申し上げておかなくてはいけません。伯爵はあらゆる放蕩に身を委ねたあげくに、みじめに死んでしまったのです。おわかりになりますか？

伯爵がパリに出発された日には、伯爵夫人はすでにグランド・ブルテーシュ館を引き払い、家具なども全部運び出してしまっていました。それから夫人は、家具もタピスリーも、前記の人物により貸与されたる物件に置かれていたものはですな——いやはや、ついつい賃貸契約書かなんかを書き取らせているような気になってしまいまして、失礼をいたしました——、とにかく、伯爵所有の品々はことごとく、メレの牧場で焼却してしまったのだという人もいるくらいです。ところでメレに行かれたことはおありですか?」

「ないでしょうな」彼は自分で返事をしてから、「それはそれは、すてきな場所なのでして」と付け加えた。

「その三か月ほど前から」彼はほんの少しばかり首をふりながら、こう話を続けた。「伯爵夫妻の生活ぶりは、ずいぶん変わっていました。だれにも会わず、奥さまは一階に、旦那さまは二階に住んでいたのです。そして伯爵が亡くなられて、ひとり残された夫人は、教会に行く以外はお出かけにならなくなりました。その後は城館に引きこもられて、ご友人がたが訪ねてこられても、お会いするのを断るようになってしまいました。グランド・ブルテーシュ館を引き払い、メレに移るときにはすっかり人が変わってしまっていたのです——あの親愛なる奥さまが。親愛なると申しましたのも、なにしろこのダイヤモンドは奥さまにちょうだいしたものでして。一度しかお会いしていない、このわたしめにですよ。しかもあの親切な奥さまは、とても重い病気にかかっておられたのです。たぶん、もう回復はできないと絶望しておられたのですね。なにしろ最後は医者を呼ぶことなく、お亡くなりになったのですから。この町の多くの御婦人も、奥さまは頭が少しばかりおかしくなったのだと考えておりました。ですからメレ夫人がわたしの助けを必要としていることを知らされて、とても好奇心をそそられたのです。いや、この話に興味があったのはわたしだけではありません。ずいぶん夜もふけていたのに、町中の人々がその晩のうちに、わたしがメレに行ったことを知ってたのですからね。

道すがら、わたしは迎えの小間使いにあれこれ尋ねましたが、返ってきた答えは漠然としたものでした。ですがその日のうちに、すでに司祭が終油の秘跡[10]をほどこしたこと、朝まで持ちそうにないことを話してくれました。城館には一一時ごろ着いて、大きな階段を上りました。暗くて天井が高く、おそろしくじっとりとした冷たい空気の漂う大きな部屋をいくつも通り抜けてから主寝室にたどりつくと、伯爵夫人がおられました。夫人について流れているうわさのせいで――もっともこの方についての巷説をすべてお話ししていたら、きりがありませんがね――、わたしは、あだっぽい女だとなんとはなしに想像しておりました。お会いしたときは、あまりに暗くて夫人が寝ている大きなベッドのなかに、ご本人の姿を見つけるのにも、大変に苦労したのでございますよ。旧体制《アンシャン・レジーム》の時代の帯状装飾をめぐらせた壁面に、見ただけでもくしゃみが出そうなほど、ほこりがたまっているのです。大きな部屋ですのに、明かりといえば古ぼけたアルガン式のランプ［旧式のオイル・ランプ］がたったひとつなのですから、無理もない話なのです。でも、あなたはメレの城館には行ったことがないのでしたよね。いやはやそれがですね、とにかくベッドも枝葉模様のインド更紗でおおわれた、高い天蓋付きのものすごい年代物でした。ベッドの脇のナイト・テーブルには、『キリストにならいて』[11]が置いてありました。ちなみにこの本は、女房のためにランプと合わせてわたしが買い取りましたがね。それから侍女のための大型のソファと、椅子が二脚ありました。暖炉もなにもありませんでした。家具はこれで全部ですから、遺産目録を作成するといっても一〇行にもなりやしません。

---

10 カトリック教会の「七つの秘跡」の一つ。死の近い病者に塗油を行って、罪の許しを祈る。

11 一五世紀に作られた、トマス・ア・ケンピス作の有名な信仰の手引。敬虔な生き方によって神との交わりを深めるべきことを説き、聖書についで最も読まれたといわれる。

あのときのわたしみたいに、あなたが、焦げ茶色のタピスリーを張りめぐらした、あのだだっ広い部屋をごらんになったら、なんだか自分が本当に小説の一場面にでも運ばれてきたような気持ちになったでしょうに。血が凍るような、いやそれ以上ですね、まさに死の床そのものでございました」

彼はいかにも芝居がかったしぐさで、片手をあげながらこう述べると、ひととき間をおいてからまた話し始めた。

「ベッドに近づいて目を皿のようにして見ると、ようやくメレ夫人の姿が確認できました——枕元を照らしているランプのかすかな光のおかげで、やっと。夫人の顔は蠟のように黄ばんでおり、なにやら互いに握りしめた二本の手のように、ごつごつして見えました。レースの縁なし帽をかぶっておりまして、美しいけれども、糸のように細くて真っ白な毛髪が見えていました。彼女はベッドに座っていたのですが、そうしているだけでもとても苦しそうでした。どうやら熱にやられてしまったらしく、大きくて黒い瞳は、すでにほとんど死んだようで、眼窩の奥でかすかに動いているだけでした」

彼は、眉間のあたりを指すと、こう続けた。

「夫人の額はじっとりと汗ばんでいました。やせ細った手は、なんだか骨にやわらかな皮でも張ったみたいでした。血管や筋肉が完全に透けて見えるのです。昔はさぞかし美しい人であったにちがいありませんが、この時は夫人のその姿を見て、わたしはなんともいいようのない感情におそわれました。埋葬にあたった者の話では、あれほどがりがりに痩せて、なおかつ生きているというのは前例がないそうです。要するに、身の毛もよだつような様子だったのです。病気が夫人をすっかり蝕んで、もはや幽霊のようにしか見えなかったのです。彼女がわたしに話しかけたときにも、その紫色のくちびるは、動いているようには思えませんでした。

わたしは職業がら、たびたび死を間近にした人のかたわらで、その最後の意思を確認する必要がありますので、こうした光景には慣れているわけですが、それにしても、わたしがあれこれと見てきた家族の涙や断末魔の苦しみも、この広い城館の中で、たった一人で黙りこんだままの、この女性の苦しみとはくらべものになりません。物音ひとつ聞こえず、病人の呼吸で彼女のかけている毛布が動くはずなのですが、その動きすら目にすることができず、わたしは身じろぎもせずに、彼女を呆然として見つめるだけでした。なんだか、今でも、あそこにいるような気がしてきます。ようやく大きな瞳が動いて、彼女は右手を持ち上げようとしたのですが、それもすぐベッドの上に落ちてしまいました。そして彼女の口からは次のようなことばが、まるで吐息のようにもれてきました――それは、もはや声といえるようなものではありませんでした。

『今か今かと、お待ちしておりました』

夫人のほおに、ぽっと赤みがさしました。いいですか、彼女にとっては話すだけでも、大変な努力を必要としたのです。

『奥さま』と、わたしは言いました。すると彼女は、黙っているようにという合図をしました。そして年寄りの家政婦が立ち上がると、わたしの耳元でこうささやきました。

『お話しにならないでください。奥さまはちょっとした物音にも、耐えられるような状態ではございませんので。なにかおっしゃると、奥さまをひどく興奮させてしまいますから』

そこで、わたしは座りました。するとメレ夫人は残っているありたけの力を使って右腕を動かすと、とてつもなく苦労をしながら長枕の下に手を入れました。それからしばらくじっと動きを止めていたのですが、最後の力をふりしぼると手を引き出しました。封をした書類を取り出したとき、彼女の額からは汗がしたたり落ちました。

『わたしの遺言書をお預けいたします。ああ、神さま！』

それっきりでした。夫人はベッドの上にあった十字架をつかむと、くちびるに近づけ、そのままこと切れました。

微動だにしない、あのまなざしのことを思い出すと、今でもぞっとしてきます。さぞかし苦しんだにちがいありません。ですがその最後のまなざしのうちには、喜びの気持ちが現れていて、その喜びが死んだ目にも残っておりました。

遺言書を持ち帰りまして、開封してみますと、メレ夫人がわたしを遺言執行人に指名したことがわかりました。夫人はいくつかの特別遺贈を別にして、全財産をヴァンドームの病院に寄付していました。そして、グランド・ブルテーシュ館に関しましては、次のように処置してほしいとのことでした。夫人の死亡の日から数えて五〇年間は、この屋敷を死んだときの状態のままにしておくこと、いかなる人間であれ各部屋への出入りを禁じること、ごくわずかな修理をすることも禁止すること、それからこの遺言を完全に実行するために、門衛が必要な際には金利を充当して雇い入れることというものでした。この期間が満了し故人の意思が果たされた場合に、屋敷はわたしの相続人の所有に帰することになっております――ご承知のとおり、公証人は遺贈を受けることは禁じられておりますから。意思がきちんと実行されなかった場合には、グランド・ブルテーシュ館はしかるべき法定相続人の所有となりますが、遺言付属書に示された条項を履行するという条件付きでして、しかもこの遺言付属書は、前記の五〇年という期間が満了してからでないと開封できないこととされております。本遺言書への異議申し立てはいまのところなされておらず、したがいまして……」

こういうと、ひょろっとしたその公証人は言葉を最後までいい終わることなく、得意満面そうにこちらを眺めた。そこでわたしが二言三言《ふたことみこと》お世辞をいってやると、彼はすっかりご満悦の体であった。わたしは次のようにいって、しめくくった。

「いやあ、とても感銘を受けましたよ。まるで死を目前にした夫人の、シーツよりも青白い顔が目に浮かぶようです。きらっと光る彼女の目がおそろしくて、今晩は夫人の夢を見そうですよ。それにしても、その奇妙な遺言書に記載されている措置については、あなたもなにか心当たりがおありなのでは？」

「なにをおっしゃるのですか。ダイヤモンドまでくださった方のふるまいについて、このわたくしが口を差しはさむわけがないではございませんか」彼は、なんだか滑稽なほど遠慮深く答えた。

とはいえ、わたしはほどなくして、このヴァンドームの実直な公証人の口を開かせてしまったのである。彼は長々と脇道にそれたあげくに、男であれ女であれ、町を牛耳っている人々の憶測を教えてくれた。なにしろヴァンドームでは、彼らの判断が法律と同等の力を有するのである。ところがその分析ときたら、矛盾だらけでとりとめのないものであったから、ことの真相に興味を抱いていたわたしも、あやうく眠りこけるところだった。おそらく彼は自分の言葉に聞き惚れながら、依頼人や地元の連中に話を聞かせることが癖になっていたのだろう。あまりに重々しく、単調に話すものだから、さしものわが好奇心も根負けしてしまったのである。だが、さいわいなことに彼はほどなくして帰ってくれた。

「いやあ、こんなわけで、あと四五年間は生きたいと思っている人が、たくさんいるわけでして。あ、ちょっと待ってください」

こういうと彼は、ここからが肝心、注意して聞いてくださいよとばかりに右手の人差し指を鼻筋にあてると、したり顔をして、「そこまで生きるには、まあ、六〇歳以下でないと無理ですがね」といった。

公証人からすると気がきいたつもりのこの最後の皮肉に、ぼんやりしていたわたしは思わずわれに返り、部屋の扉を閉めた。そして肘掛け椅子に座り、暖炉の前の薪台に両足を乗せた。こうして、ルニョー氏が提供してくれた法律的な事実をもとに構成した、ラドクリフ[12]流の物語に没入していると、部屋の扉が女のなれた手つきで開かれ、ぎいっと音をたてた。現れたのは宿屋の女将だった。太った快活で陽気な女で、天職をまちがえたとしかいいようがなかった。フランドル出身の女で、いっそのこと、テニールス[13]の絵かなんかのなかに生まれてくれればよかったのだ。

「どうでしたか？」と、彼女がいった。「ルニョーさんは、グランド・ブルテーシュの話をくどくどと聞かせたんでしょうね、きっと」

「そうなんですよ、ルパのおかみさん」

「なんて話してました？」

わたしはメレ夫人に関する不可解でぞっとするような話を、手短に繰り返した。女将はそのひとつひとつに、宿屋に働く者ならではの洞察力でもって、ふんふんとうなずいていた――それは、憲兵の直感とスパイの狡猾さと商人のずる賢さを、足して三で割ったようなものだった。

「ルパのおかみさん！」わたしは最後にこう付け加えた。「あなたは、もっと詳しい事情を知っているんじゃないのですか。ええ、どうなんです？　さもなければ、わざわざわたしの部屋まで上がってくるわけがないですからね」

「いえ、誓ってそんなことはありません」

「誓って、なんて言ってもだめですよ。ほら、あなたの目には秘密がたくさんあるって書いてあるじゃないですか。メレ氏をご存じでしたよね。どんな方でしたか？」

「それはもう、メレの旦那さまは、美男子で雲つくばかりの大男でございました。ピカルディ地方［フランス北部、中心都市はアミアン］出身の由緒ある貴族でしたが、なんというか気の短い方なのです。で、だれとも面倒を起こさないようにと、いつでも付けではなく現金で支払っていました。つまり、気性の激しい人間なんですよ。町の御夫人たちは、とても好感の持てる殿方だと思っていましたけどね」

「激しいところがあるからですか？」わたしは女将に聞いた。

「そうかもしれませんねえ。奥さまと結婚したからには、やはりなにか女性に強く訴

12　ゴシック・ロマンスを得意とした、英国の女性作家（一七六四～一八二三年）。

13　ベルギーの風俗画家で、一七世紀にアントワープで親子二代にわたって活躍。庶民の日常を時にユーモラスな筆致で描いた。

えるところがあったに決まってます。別にほかの女の方々を悪くいうつもりはありませんが、とにかく奥さまはヴァンドーム最高の美女で、一番のお金持ちでございましたからね。資産からの所得が、年に二万リーヴル[14]ぐらいはあったのではないでしょうか。町中の人が、結婚式に出ましたよ。花嫁はかわいらしくて、愛嬌があって、この上なくすてきでした。ああ！　あのときには、あんなにお似合いのカップルだったのに！」

「夫婦の仲はよかったのですか？」

「さあ、どうですか。推測するしかないですが、なんともいいようがないですね。なにしろわたしたちはですね、ああした方々といっしょに食事をしたり飲んだりするわけではありませんし。奥さまは気だてもよろしくて、とても優しい方ですが、旦那さまが気短なので、ときどきはずいぶんつらい思いをしていたようですわ。でも、少しばかり威張ってはいても、わたくしどもはみな、あの方を好いておりました。身分が身分ですからね、ああしたものですよ。そりゃあ、貴族ともなれば、ねえ……」

「でも、メレご夫妻がそれほど急に別居してしまうなんて、なにか大変な不幸でもあったとしか思えませんが」

「大変な不幸が起こったなんていってませんよ。なにも知らないんですから」

「ふーん、なるほど。今の一言《ひとこと》で、あなたがすべてをご存じであることがはっきりわかりました」

「仕方ないわね！　では、全部お話ししましょうか。ルニョーさんが上がっていくのを見て、これはグランド・ブルテーシュ館の話だと、ぴんときました。それでここはひとつ、あなたに相談したらどうかしらと思ったわけです。あなたなら親切に相談に乗ってくれそうだし。これまで人さまに悪いことなどしたこともないのに、良心の呵責にさいなまれている、このわたしみたいなあわれな女を裏切るようなことをなさるはずもありませんからね。地元の人たちには、これまで一度もこの胸の内を打ち明けたことはありません――なにしろ、だれもかれもおしゃべりにかけては容赦もなにもない人たちですから。それにこの宿屋に、これほど長期間滞在してくださったお客さまもいませんし、一万五千フランの因縁話を打ち明けてもいい殿方などは、いなかったものですから……」

14　革命前の貨幣単位だが、資産に関しては、このように使われた。二万フランと同じこと。

「ルパのおかみさん」わたしは、一方的にまくしたてる彼女を押しとどめて、こういった。「あなたの打ち明け話のせいで巻き添えを食らうなんていうのは、ぼくは絶対にごめんこうむりますからね」

「いいえ心配にはおよびません。すぐおわかりになりますから」彼女は、わたしのことばをさえぎるようにいった。

秘密を託される人間はわたしひとりのはずであったが、こんなに急《せ》いている様子からすると、この女将から秘密を打ち明けられるのは、わたしが最初ではないことが察せられた。それでもわたしは話に耳を傾けた。

「ナポレオン皇帝の命令で、戦争捕虜がここに送られてきたことがあるんです。わたしは、仮釈放ということでヴァンドームに送られた若いスペイン人を、政府の費用持ちでお泊めしました。彼は宣誓[15]はしていましたが、毎日、郡長のところに出頭してました。スペインの大貴族さまでした。まったく大したものですよ。名前にはオス os とディア dia が付いていました——バゴス・デ・フェレディアというような名前です。宿帳に名前を控えましたので、よろしければごらんください。スペイン人は醜男だなんていいますけれども、とんでもない話で、本当にハンサムな青年でした。身長はそうですね、せいぜい五フィート二インチか三インチ（約一六〇センチ）といったところでしたが、スタイルはよかったですよ。華奢《きゃしゃ》な手をしていまして、それに気を配ることといったらお見せしたかったですね、まったく。女が化粧に使うのと同じくらい、手専用のブラシをあれこれ持っていましたよ。真っ黒な長髪で輝く瞳を持ち、肌は少しばかり褐色でしたが、わたしなんか大のお気に入りでした。当館には大公夫人たちもお泊めしたことがありますし、ベルトラン将軍[16]、アブランテス公爵[17]とその奥さま、ドカーズ様[18]、それにスペインの王様[19]までもご投宿なさっているのですが、あの方のように上等な下着を着ている方は見たことがありません。あまりものを食べてくださらなかったのですが、ものごしがとても丁寧で好感のもてる方でしたので、悪くなんて

15　捕虜が多すぎたため、逃亡もせず、戦線にも加わらないという誓いをすることで仮釈放された。

16　ナポレオンに忠誠を尽くし、セント＝ヘレナ島にも随行した。

17　ナポレオンに仕えた将軍で、発狂して死ぬ。バルザックは『捨てられた女』を、この将軍に捧げている。

18　王政復古期の政治家で、内務大臣等を務めた。

19　ナポレオンの兄、ジョゼフのこと。ナポレオンの意を受け、スペイン王家の内紛に乗じてスペイン王に即位する。

思いませんでした。それどころか、わたし、あの方が大好きでした！　一日にほんの二言三言《ふたことみこと》口をきくだけですし、そもそも会話を交わすこと自体、無理だったんですけどね。だれかが話しかけても返事もしてくれません。人様がいうには、あれが癖なのですって。人間にはなにか、そうした癖があるらしいですわね。

あの方はまるで司祭さまみたいに聖務日課書を読んでいて、ミサなどのお勤めにもきちんと出かけていました。その席がですね——これは、あとで気づいたわけですけど——、メレ夫人の礼拝の席のすぐ近くでした。なにしろ最初に教会に行ったときからそこに座ったものですから、思惑があってそうしたとはだれも思わなかったのです。それにあの青年ときたら、祈禱書から顔を上げもしなかったんですよ！　夕方になるときまって、あの方は山の上の城跡を散歩していました。それが唯一の楽しみで、そうやって故郷を思い出していたんです。だってスペインは山ばかりだっていうじゃないですか。

この町に留め置かれて数日したころから、あの方は帰りが遅くなっていました。夜中の一二時ぐらいにならないと戻ってこないので、わたしだって気が気ではありませんでした。でも、あの方の気まぐれにみんな慣れっこになってしまい、入口の鍵を渡して、もう待たないことにしました。あの方はカゼルヌ通りにある、わたしたちの家に泊まっていたのですけどね。そのころうちの馬丁のひとりが、夕刻に馬を洗うために川まで行くと、このスペインのお偉い貴族の方が、その川の中ほどで、それこそ本物の魚のように悠々と泳いでいるのを見かけたと教えてくれました。だから帰宅したところをつかまえて、水草にお気をつけくださいっていって、ひとこといってあげたのですけどね。水の中にいるのを見られて困ったなみたいな様子をしていました。

ところがある日、というかある朝なのですが、部屋にあの方の姿がないのです――帰ってなかったのです。あちこち探しますと、机の引き出しのなかに手紙がありまして、スペイン金貨が五〇枚ばかり置いてありました。〈ポルトガル金貨〉と呼ばれていたもので、そうですね、大体五千フランぐらいの価値でしょうか。それから封印した小箱のなかに、一万フランほどになるダイヤモンドがいくつかしまってありました。書き置きには、ぼくが戻ってこない場合には、このお金とダイヤモンドを残していくので、ぼくの逃亡を神に感謝して、ぼくの無事を祈るためにミサを挙げてほしいとありました。

その時分にはまだうちの亭主がおりましたので、あの方を捜しに走っていきました。

ところがなんだか妙なんですよ！　夫はそのスペイン人の衣服を持ち帰ってきたのです。ロワール川の城跡のある側の岸辺の、グランド・ブルテーシュ館のちょうど正面のあたりには、地盤を補強する杭のような大きな石が並べてあるのですが、衣服がその大きな石の下で見つかったのですよ。夫は朝早くに行きましたから、だれにも見られていません。で、手紙を読むとその衣服を焼きまして、フェレディア伯爵さまの希望どおりに逃亡したと申告したような次第です。

郡長さんが、憲兵隊総出で彼を追跡させましたけど、煙みたいに消えちまって、捕まえられませんでした。うちの亭主は、スペイン人は川で溺れたものと信じてました。でもね、わたしはそうは思わないんです。むしろメレ夫人の事件となにか関係しているような気がするんです。というのも小間使いのロザリーの話だと、メレ夫人がとても大事にしていて、自分の遺骸とともに埋葬させた十字架が、黒檀とシルバーでできていたというんです。実はフェレディアさんもうちに泊まり始めたころには、黒檀とシルバーの十字架を身につけていらしたんですが、しばらくすると全然見かけなくなったんです。というわけで、どうでしょう、わたしはスペイン人が残していった一万五千フランのことで、やましい思いをしなくていいんでしょうか？　あのお金は、本当にわたしのものなのでしょうか？　どう思われます？」

「もちろん、そうですとも。ですけれど、ロザリーには問いただしてみなかったのですか？」

「もちろん、尋ねてみましたとも！　でも、どうしようもなかったんです。まるで壁に向かって話しているようなもので。なにか知っているに決まっているのですが、口を開かせるのは無理なのです」

それからわたしとしばらく雑談してから、宿屋の女将は部屋を出ていった。残されたわたしは、曖昧模糊とした暗い物思いに、とりとめのない好奇心に、そして宗教的な恐怖心にとらわれた。それは、夜、暗い教会のなかに入っていって、ずっと奥の上方のアーチのところに、かすかな光が見えたときの気持ちにも似ていた——人の姿がおぼろげにすうっと動き、僧服や法衣の衣ずれの音が聞こえてきて……、そのようなときには人は思わず身震いしてしまう。そんな感じだった。そして突然、わたしの目の前にグランド・ブルテーシュ館と、高く伸びた雑草、閉じた窓、錆びついた金具、閉まりっぱなしの扉、人気もなく荒れはてた部屋が、まぼろしのように現れた。わたしはこの荘重なる物語の核心を、三人の人間の死をもたらした悲劇的な事件の真相を求めて、謎を秘めた屋敷のなかに入り込んでみることにした。

わたしの目からすると、ヴァンドームではロザリーがもっとも興味をそそられる人間だった。彼女を観察したところ、そのぽってりとした顔には、いかにも健康的な輝きがあふれてはいるものの、なにかしら内に秘められた想念が見いだされるのだった。彼女の心の内には、良心の呵責《かしゃく》あるいは希望の原因となるものが存在していた。強烈な祈りを捧げる信心深い女のように、あるいはまた、自分の子供の断末魔の叫び声が耳にこびりついて離れない嬰児殺しの若い娘のように、彼女の様子はなにかしら秘密があることを物語っていた。とはいっても、その態度は無邪気で飾り気のないものであって、その間のぬけた微笑には、まったくよこしまなところはなかった。紫と白のストライプの服をぴったり着こんで、そのたくましい上半身に赤と青のチェックの大きなショールをまとったロザリーの姿を見れば、だれだってなんの罪もない女だと判断したにちがいない。そこで、わたしはこう考えた。

「いや、グランド・ブルテーシュの物語をすべて解明するまではここを離れないぞ。この目的を達成するためなら、もしも絶対に必要とあらばロザリーの情人《じょうにん》にもなってやろうじゃないか」

「ロザリー！」ある晩、わたしは話しかけてみた。

「えっ、なんでしょうか？」

「きみは、結婚していないのかい？」

彼女はびくっとしたようだった。

「不幸になってもかまわないという気にでもなれば、男なんていくらでもいますけどね」彼女は笑いながらいった。

そして彼女はすぐさまその内心の動揺から立ち直った。女というものは、貴婦人から宿屋の女中にいたるまで、だれもが冷静さという特性を備えているのである。

「そうだね、きみはとても若々しいし色気もあるから、恋人に不自由するはずがないもの。ところでロザリー、きみはメレ夫人のところをやめたあと、どうして宿屋の女中になんかなったんだい？　夫人はなにか年金のようなものを残してくれなかったのかい？」

「もちろん、残してくださいましたとも。でもね、ここの仕事はヴァンドームでも最高なんですよ」

これは、判事や代訴人が「引き延ばし作戦」と呼ぶ答弁の仕方だった。まるで小説みたいなこのお話のなかで、ロザリーは、碁盤の中央の升目を占めていた――興味と真実の中心に位置して、このドラマの核心に結びつけられているかに思われたのだ。もはやありふれた口説き文句など言っている場合ではなかった。この若い女のうちには、小説の最終章がひそんでいたのである。この瞬間からロザリーはわたしの偏愛の対象となった。相手の女のことばかり考えているときは、どの女の場合でも同じなのだが、ロザリーのことも、あれこれ観察してみると美点がたくさんあった。身ぎれいだし、気配りもきいていたし、美人であることはいうまでもない。こうしていかなる境遇にある女であろうとも、男の欲望がその女のなかに見出す魅力のすべてを、やがて彼女も見せるようになった。

公証人がやってきてから二週間後のある晩、というよりもある朝に――なにしろ、もう夜が明け初《そ》めていたのだから――、わたしはロザリーにいった。

「メレ夫人について知っていることを、洗いざらい話してくれないか？」

「まあ！　それだけは聞かないでください、オラースさん〔語り手、ビアンションのファーストネーム〕」彼女はびくっとしながら答えた。

彼女の美しい顔が一瞬のうちに暗くなって、その生き生きとした顔色が、たちまち青ざめた。その瞳からは、もはや無邪気でうるおいのある輝きが失われていた。

「仕方ありませんわ。そこまでおっしゃるのならお話しします。でも秘密は絶対に守ってくださいね」

「どのような秘密だって守るとも。盗っ人の仁義でね。これほどの誠実さは他にないのだから」

「でも、よかったら泥棒のではなくて、あなた自身の誠実さで秘密を守ってくださいな」

こういうと彼女はスカーフを直し、話す体勢をととのえた。というのも、物語を語るのに欠かせない、相手への信頼感と安心感を示す姿勢というものが存在するのである。最高の物語というのは、全員が食卓についているときのような、特定の時間に語られるものなのである。立ったままや空腹時では、だれもうまく話せないのだ。

もっともロザリーは長々としゃべり立てたものだから、これを忠実に再現するとなると一冊の本まるごとでも収まりそうにない。彼女はわたしに、この事件について渾然一体となった知識を授けてくれたのであり、その内容は公証人の多弁と宿屋の女将のおしゃべりとの中間に位置し、数学の比例等式で二つの外項のあいだにある二つの内項のようなものであって、わたしとしてはこと細かに伝える必要を感じない。したがって、ここでは大筋だけを話すことにしたい。

グランド・ブルテーシュ館において、メレ夫人の部屋は一階にあった。そして壁の内側に作られた奥行き四フィートばかりの小さな空間が衣装戸棚として使われていた。これからお話しするできごとのあった夜の三か月ほど前から、夫人は具合が思わしくなく、夫は妻を一階の部屋に残して、自分は二階の部屋で寝ることにしていた。夫は、毎晩クラブに出かけては、新聞を読んだり地元の連中と政治談議に花を咲かせたりしてくるのだが、問題の晩は思いがけず、ふだんよりも二時間ばかり遅く帰宅した。妻は夫がとっくに帰宅して寝たものと思いこんでいたのである。だがその晩、クラブでは外国軍のフランス侵入について大いに議論が盛り上がった。ビリヤードの勝負も白熱して、彼は四〇フランも負けたのだった。だれもが金を貯めこみ、生活習慣がつましさの限界をはみ出ることのないヴァンドームでは、これでも大変な金額なのだ。この土地の質素な生き方は賞賛に値するものであって、本当の幸福の源泉となりうるものかもしれない。もっともパリっ子なら、誰ひとりそのようなことは考えもしないのだけれど。少し前からメレ氏は、「妻は、もう寝たのかい?」とロザリーに聞くだけになっていた。「はい、お休みになりました」と、いつもながらの返事がかえってくると、習慣と信頼感のたまものである人のよさを見せて、そのまま自室に直行するのだった。

ところがその晩にかぎって、彼はふと妻のところに寄って、自分がしくじった話でもしようかという気になったのである——そうすることで、自分を慰めようと思ったにちがいない。夕食のときに、彼は妻がずいぶんとめかし込んでいるのに気がついていた。彼は妻も病気が治りかけているし、その回復ぶりのせいで美しくなっているんだと思いながら、クラブから戻ってきた。世間の夫というものは、なにごとにつけそうだが、気づくのが少しばかり遅いのである。

メレ氏はロザリーを呼んだりせず、階段の一段目に置いてあった角灯のあかりをたよりに妻の寝室へと向かった。ロザリーはといえば、台所で料理女と御者がブリスク［トランプ遊びの一種］で、むずかしい勝負をしているのに見とれていた。すぐにそれだとわかるメレ氏の足音が、廊下の丸天井の下に響きわたった。妻の部屋の鍵をまわした瞬間、彼にはあの衣装部屋の扉が閉まる音が聞こえたような気がした。しかし部屋に入ってみると、妻がひとりで暖炉の前に立っていた。夫はロザリーが小部屋にいるんだなと、単純に思った。しかしながら、ふと疑惑の音が早鐘のように耳のなかで鳴り響いて、彼は不審の念にかられた。妻を見つめると、その目からは、なにやら狼狽と激しい感情が読み取れた。

「ずいぶん遅いお帰りでしたわね」妻がいった。

ふだんはとても澄んだ優しい声が、いくらかうわずっているように感じられた。メレ氏が黙っていると、ちょうどロザリーが入ってきた。それは彼にとっては落雷の一撃のようなものであった。彼はじっと腕組みをしたまま、窓辺から窓辺へと動きまわった。

「なにか悪い知らせでもありまして？　それとも、どこか具合でもよろしくないのですか？」妻はロザリーに手伝わせて服を脱ぎながら、遠慮がちに聞いた。

だが、彼はじっと黙ったままであった。

「ロザリー、もう下がっていいわよ。カールペーパーは自分で巻きますから」夫人が小間使いに命じた。

彼女は、夫の顔色を一目見ただけで、これはなにかよからぬことが起こりそうだと察して、夫と二人きりになりたかったのである。ロザリーが出ていくと、というより、出ていったと思うと――なぜならばロザリーはしばらく廊下にとどまっていたのだ――、メレ氏は妻に面と向かって「そこの小部屋にだれかいるのかね？」と、冷たくいいはなった。

彼女はびくともせずに夫を見つめ、さらりと「いいえ」と答えた。「いいえ」という、この否定のことばが、メレ氏の胸をぐさりとえぐった。それを信じられなかったのだ。しかしながら、この瞬間ほど自分の妻が清浄にして信心深く見えたことはなかった。彼は立ち上がって、小部屋の扉を開けようとした。すると妻がその手をぐっとつかんで押しとどめ、悲しげに彼を見つめると、妙にうわずった声でこういった。

「だれもいなかった場合には、わたしたちはこれまでですわね」

妻のこの態度に現れた信じがたい威厳により、メレ氏は妻に対して深い敬意の念をいだくと同時に、もっと大きな舞台が与えられたならば不滅のものとなったはずの、一世一代の決意を彼に固めさせることとなった。

「そうか。ではやめよう、ジョゼフィーヌ。いずれにしても、わたしたちはこれで永久に別れることになりそうだからな。いいか、わたしはおまえの心の清らかなことと、おまえが聖女のような生活を送っていることを知っている。おまえだって、自分の命を賭けてまで大罪を犯すつもりなどないはずだ」

これを聞いたメレ夫人は、おびえたような目つきで夫をにらみつけた。

「ほら、ここにおまえの十字架がある」メレ氏はいった。「あそこにはだれもいませんと、神の前で誓いなさい。そうすればおまえを信じて、部屋を開けはしないから」

メレ夫人は、キリスト像の付いた十字架を手にしていった。

「わたしは誓います」

「もっと大きな声で、『小部屋にはだれもいないことを、神に誓います』ともう一度いいなさい」

彼女は、動ずることなくこのことばを繰り返した。

「よろしい」とメレ氏がいった。しばし沈黙が訪れた。それから彼は、銀が象眼され、とても芸術的な彫刻がほどこされたこの黒檀の十字架をためつすがめつしながら、こう言った。

「わたしは知らなかったが、ずいぶんみごとな物を持っているんだね」

「デュヴィヴィエの店で見つけましたの。去年、捕虜の一団がヴァンドームを通りましたときに、スペインの修道士から買ったと申しておりました」

「なるほど」メレ氏は、その十字架を壁にかけながらそういうと呼び鈴《りん》を鳴らした。ロザリーがすぐに現れた。メレ氏はさっと彼女を迎え入れると、庭に面した窓の方に連れていき、小声でこういった。

「ゴランフロがおまえと結婚したがっているが、先立つものがないから所帯がもてないでいることはちゃんと知っているぞ。左官屋の親方として一本立ちできるめどが立たなければ結婚しないと、おまえは返事したそうではないか。いいか、ゴランフロを呼びにいきなさい。鏝《こて》などの道具を持って、ここに来るようにいうんだ。家のほかの連中は起こさないようにしてな。おまえたちの望み以上にたっぷり財産をやろうじゃないか。だまって、すぐ出かけなさい。いいか、さもないと……」

こういって彼は眉をひそめた。ロザリーが出て行きかけたとき、彼は彼女を引き止めるとこういった。

「ほら、わたしの合い鍵を持って行きなさい」

「ジャン！」メレ氏が廊下中に響きわたる声で叫んだ。

御者であると同時にメレ氏の腹心でもあるジャンが、ブリスクの勝負をやめてやってきた。

「ほら、みんなもう寝るんだ」主人はジャンを手招きしながらいった。それから声をひそめて、こうささやいた。

「みんなが眠ったらな、いいか、眠ってしまったらだぞ、わたしにそれを知らせてくれ」

メレ氏はこうやってあれこれ命じているあいだも、妻からは片時も目を離さなかった。そしてなにくわぬ顔で暖炉の前の、妻のかたわらに戻ってくると、ビリヤードの勝負や、クラブでの政治談議のことを話し始めた。やがて帰ってきたロザリーには、メレ夫妻がとても親しく話しているように思われた。

メレ氏は最近、一階にあるパーティ用の各部屋の天井の漆喰をすべて塗り替えさせていた。ヴァンドームでは漆喰は珍しく、その輸送費もばかにならなかった。残っても買い手はすぐ見つかるとわかっていたから、メレ氏は漆喰をかなり大量に取り寄せていたのだ。こうした事情があったものだから、一つの計画がひらめいて、それをさっそく実行に移したのである。

「旦那さま、ゴランフロがまいりました」ロザリーがささやいた。

「入ってもらいなさい」ピカルディ生まれの貴族が大声でいった。

左官屋が現れたのを見て、メレ夫人の顔がかすかに青ざめた。

「ゴランフロ」メレ氏はいった。「物置に行って、煉瓦をとってくるんだ。この小部屋の扉をふさぐのに足りるだけ持ってくるんだぞ。漆喰が残っているから、それを使って煉瓦の壁一面に塗るんだ」それから彼はロザリーと左官職人をそばに呼ぶと、低い声でこういった。

「ゴランフロ、よく聞けよ。おまえは今夜ここで泊まるんだ。それから明朝、旅券を渡すので、わたしが指定する外国の町に行くんだ。旅費として六千フラン渡すから、その町に一〇年間住むんだぞ。その町が気に入らなければ、その国の別の町に住み着いてもかまわない。いいか、まずパリに行って、わたしの到着を待つんだ。パリで取引をしよう。おまえが諸条件をしっかりと果たした場合には、帰国の際にあと六千フラン渡してやる。その代わり、今晩ここでしたことは絶対に口外してはならないぞ。それからロザリー、ゴランフロと結婚するならば、おまえには婚礼のときに一万フランあげよう。いずれにしても、おまえたちが結婚したければ、口をつぐんでいることだ。さもないと持参金はないものと思え」

「ロザリー、髪を結ってくださる」メレ夫人がいった。

メレ氏は、小部屋の扉と左官職人と妻とを見張りながら、部屋のなかを静かに歩き回っていたが、猜疑心をひどく露骨にみせるようなことはなかった。ゴランフロは音を立てないわけにはいかなかった。彼が運んできた煉瓦をおろし、夫が部屋の向こう側にいるときを見計らって、夫人がロザリーにささやいた。

「ゴランフロに扉の壁の下にすきまを残しておくようにいってちょうだい。そうしたら、おまえに一千フランの年金をあげるから」

そしてメレ夫人は、落ち着いた大きな声で「ほら、行って手伝いなさい！」とロザリーにいった。

ゴランフロが扉を漆喰で塗り固めているあいだ、メレ夫妻はじっと黙ったままだった。この沈黙は、夫の側からすれば、小部屋の中に何かを伝えるために隠れた意味のあることばを発する口実を妻に与えないための作戦であったのだし、妻の側からすれば、用心とプライドゆえであった。漆喰の壁が半分ほどできあがったとき、機転を利かせた職人はメレ氏が背中を向けているときをねらって、扉についている二つの窓ガラスのひとつをつるはしで叩きわった。この動作で、メレ夫人はロザリーがゴランフロに指図したことがわかった。そのとき三人には、ひとりの男の褐色の暗い顔と、黒い髪の毛と、燃えるような瞳が見えた。夫が振り向く前に、かわいそうな妻にはこの異国の青年に向かってうなずくだけの時間があった。それは「希望をすてないで！」という合図だった。

九月であったから、四時ともなれば夜が明ける頃なのだが、その時間には作業は終了していた。ゴランフロを御者のジャンに見張らせて、メレ氏は妻の部屋で寝た。そして翌朝、起床したメレ氏はいかにものんびりした調子で、こういった。

「やれやれ！　町役場に旅券を取りに行かなくては」

彼は帽子をかぶると、ドアの方に二、三歩歩いたが、そこでふと思い直して例の十字架を手に取った。妻は喜びにうちふるえた。「デュヴィヴィエの店に行くんだわ」と思ったのである。

夫が出かけると、メレ夫人はすぐにロザリーを呼んで、激しい口調でこう叫んだ。

「つるはしを、つるはしを！　仕事にかかるのよ。きのうの晩、ゴランフロの仕事のやりかたを見ていたから、二人でやれば、穴をあけてからまたふさぐだけの時間ぐらいあるわよ」

ロザリーがすぐさま斧のようなものを持ってきた。夫人は、言語に絶するほどの激しさでもって壁を崩し始めた。早くも煉瓦をいくつか取り外して、さらに強烈な一撃を加えようとして身がまえたとき、背後にメレ氏がいるのに気がついた。夫人は気を失った。

「妻をベッドに寝かせるのだ」メレ氏が平然といった。

自分が留守になればなにが起こるのかを予期して、彼は妻に罠をかけたのだった。実際は町長に手紙を書き、デュヴィヴィエ氏を呼びに使いの者をやっていたのだ。やがて壁ももとに戻されて、部屋の片づけも終わりかけた時分に宝石商が到着した。

「デュヴィヴィエ、きみはこの町を通ったスペイン人たちから十字架を買わなかったかね?」メレ氏が尋ねた。

「いいえ、そうしたことはございません」

「そうか、それならよろしい。ありがとう」睨みつけるように険《けわ》しい視線を妻と交わしながら、メレ氏が答えた。そして腹心の召使いのほうへ振り向くと、こういった。

「いいかジャン、わたしの食事は妻の部屋まで運ばせてくれ。妻は具合が悪いから、治るまでわたしが付き添うことにする」

こうしてこの残酷な貴族は、二〇日間というもの妻のそばを離れなかった。最初の何日間かは、壁でふさがれた小部屋から物音が聞こえてきた。ジョゼフィーヌが、死にかけている人を助けてちょうだいと嘆願しようとすると、夫は妻にはなにもいわせず、こう答えるのだった。

「あそこにはだれもいないと、きみは十字架にかけて誓ったではないか」

ことづて

ダマソ・パレート侯爵[1]に

わたしは、単純にして真実味のある物語が書きたいものだとずっと考えてきた。わたしの話を聞いた青年とその恋人が恐怖心にとらえられて、森の入口のあたりで、ヘビに出くわした二人の子供が思わず抱き合うように、おたがいの胸のなかに逃げこむ。そういった感じの物語が書きたかったのである。これは、これから語る話への興味をそこない、ずいぶんうぬぼれた作者だと思われるかもしれないという危険も承知の上で、なによりもまず、この物語の目的を読者にお知らせしておきたいのだ。ほとんど通俗的ともいえるこのドラマでは、このわたしも一役買っている。もし読者の関心を引かないとすれば、それはわたしの責任であると同時に、歴史的事実なるものの責任でもある。実際に起こったことというのは、その多くがこの上なく退屈なものだ。したがって、事実のうちから詩になりうるものを選び出すだけでも、作家の才能の半ばをなすといえる。

一八一九年のこと、わたしはパリを発ってムーラン[2]に向かっていた。財布の都合で、乗合馬車の屋上席《アンペリアル》での旅を余儀なくされていた。ご存じのとおり、イギリス人は吹きっさらしになっている馬車のこの席を、いちばん良い場所だと思っている。わたしは、出発して間もなく、われらが隣国の人々の意見をもっともだと考えるのにかっこうの理由をいくつも見いだしたのだった。

わたしより少しばかり金のありそうな青年が、わざわざ屋上席のわたしの隣に上がってきた。彼はわたしの話を無邪気に笑いながら聞いてくれた。やがて年齢や考え方も似かよっていて、大自然への愛、馬車が重たげに進むにつれて目の前に開けてくる豊かな田園風景への好みが同じであることがわかった。そしてまた、一種説明しがたい磁石のような引力が、われわれのあいだに一時的ではあるが、ある親密さを生み出したのだ。こうした束の間の感情というものは、たちまちにして終わりを告げるはずであり、その後の人生において何の関係もなくなるように思われるだけに、旅人というものはよりいっそう心地よくこの種の親密さに身を委ねるものなのである。

こうして三〇リュー［一リューは約四キロ］も行かないうちに、わたしたちは女や恋愛の話を始めていた。そうした話題に求められる予防線を張った上での話とはいえ、自然におたがいの恋人のことが俎上にのぼった。二人とも若く、つまり三五歳から四

○歳ぐらいまでの年増女に魅力を感じてしまうような年頃だったのだ。

ああ！　モンタルジからその次のなんとかという宿駅までの、わたしたちの会話をどこかの詩人が聴いていたならば、熱のこもった表現や、うっとりするような人物描写や、甘美なる告白を耳にしたことであろうに。あのときの二人の、口には出せない不安、抑制された感嘆の言葉、恥ずかしげな眼差しはある種の雄弁さを帯びていたのであって、ああした若者らしい純粋な魅力はもはや今のわたしには見いだすことはできない。青春を理解するためには、ずっと若いままでいることが必要なのだ。だからこそわたしたちは、恋愛においてなにが重要なのかについて、おたがいに驚くほど理解し合うことができた。

わたしたちは最初に、この世で出生証明書ほどばかげたものはないということを、事実としても理念としても確認した。四〇女の多くはある種の二〇歳の女たちよりも若いのであり、結局のところ女というものは、その見かけの年齢以外には本当の年な

1　イタリアの知識人・詩人で、シェリーの詩などを翻訳している。バルザックは一八三八年にジェノヴァで知り合った。

2　パリの南南東約一〇〇キロ。一五世紀にはブルボン家の支配のもと、文化芸術で最盛期を迎える。

ど存在しないということになった。この理論だと、恋愛に年齢による終止符が打たれることなどないことになる。そこで二人は大海原を泳ぐように自由に、恋愛について果てしなく語りあったのである。

こうしてそれぞれの恋人を、若くて、チャーミングで、献身的で、伯爵夫人で、センスがよく、才気煥発で気がきいた女性に仕立て上げた。さらに美しい脚と、すべすべしたほのかに香るような肌の持ち主にしてしまってから、彼は某夫人が三八歳だと、わたしは実は四〇女を熱愛しているのだと、告白しあったのである。

こんな次第で、おたがいに漠然といだいていた相手への不安から解放されて、自分たちは恋愛における仲間なのだと認めあうと、わたしたちはより熱心に打ち明け話を始めた。今度は、はたして二人のうちのどちらが、よりたくさんの愛情を示せるものか競いあうことになったのだ。一方が、自分はたった一時間恋人に会うだけのために、二〇〇リューの距離も物ともしなかったといえば、他方は夜の密会に行こうとして庭園でオオカミとまちがわれ、あやうく銃で撃たれかけたのだぞと力説した。要するにおたがいの狂気の沙汰を打ち明けあったのだ。過ぎ去った危険の数々を思い起こすのが楽しいとすれば、消え去った快楽を思い出すのだって、これまた大きな喜びではないか——快楽を二度味わえることになるのだから。予想もしなかった災難やら大小さまざまの幸福をすべて語りあい、冗談さえもいいあった。わが友の恋人である伯爵夫人は、彼に気に入ってもらおうとして葉巻をふかした。わたしの恋人はココアをいれてくれたし、一日も欠かさず手紙を書くか会おうとしてくれた。彼の恋人は身の破滅という危険をおかして、彼の家に三日間も泊まっていった。わたしの恋人はそれ以上のこと——というか、それよりひどいことをしてのけた。亭主たちは自分の妻を熱愛していた。彼らは恋する女たちが一様に持っている魅力のとりこになり、奴隷のように生きていた。彼らときたら、お定まりのばかさ加減よりもさらに間が抜けていて、こちらを危ない目にあわせるといっても、それがかえってこちらの快楽を増すのにちょうどいいほどなのだ。ああ！　それにしても、わたしたちの会話や楽しそうな笑い声を、風がどれほどあっという間に吹き飛ばしてくれたことか！

プイーに着いたとき、わたしはこの新たな友の格好を改めてよくながめてみた。そして、彼が女から真剣に愛されているに違いないことを即座に確信した。ことさら長身というわけではないものの、とても均斉がとれた体格をしていて、明朗で表情豊かな顔つきの青年を想像していただきたい。髪は黒く、瞳は青。くちびるはほのかに赤みを帯びて真っ白な歯がきれいに並んでいる。優雅な白い肌がその繊細な顔だちを引き立てている。まるで回復期の病人のように、目のまわりにはうっすらと隈《くま》ができていた。おまけに、白くてすらりとした手はまるで美女のそれのように手入れが行きとどいていて、いかにも教養とエスプリあふれる男に見受けられた。したがって読者諸氏も、わが旅の道づれが伯爵夫人にとって十分に誇りうる存在だと、同意してくださるのではないだろうか。要するに、きっと何人もの若い娘が彼を夫にしたいと願っていたにちがいない青年なのだ。なにしろ彼は子爵であり、「入る当てのある遺産を勘定に入れなくても」すでに毎年一万二千から一万五千リーヴル[3]もの資産所得があったのである。

ところがプイイーから一リューほど行ったところで乗合馬車が転覆した。わたしは座席にしがみついて馬車の動きに身をまかせたのであったが、不幸なことにわが旅の道づれは、身の安全のため耕したばかりの畑のわきに飛びおりるべきだと判断してしまった。その飛び降り方がまずかったのか、あるいはすべったのか、どうしてそうなったのかは分からないのだが、彼は倒れてきた馬車の下敷きになってしまった。われわれは瀕死の彼を一軒の農家に運んだ。

猛烈な痛みでうめき声をあげながらも、彼は頼みごとをひとつだけわたしに言い残すことができた。いまわの際《きわ》の願いであるだけに、それは神聖な性格を帯びていた。そのかわいそうな青年は断末魔の苦しみのなかで、恋人が自分の事故死を新聞で急に知らされたならどれほど悲しい思いをするだろうかと、その年頃ゆえの純真さで悩んでいたのだ。そこでこのわたしが彼女に会って、自分の死をじかに伝えてくれまいかというのだ。わたしは指示されたとおり、彼が首からリボンでぶらさげているはずの鍵を探した。鍵は肉になかば突き刺さっていた。そのためにできた傷口からできるだけそっと鍵を抜き取っている間、死に瀕した彼はひとことのうめき声も上げなかった。ラ・シャリテ＝シュル＝ロワール［プイーの南約一五キロ］の実家に行って、これまで恋人が書き送ってきたラブレターを受け取り、是非ともそれを彼女に返してほしいと、彼はわたしに頼んだ。そのための必要な指示をあれこれ言い終えようとしたときに、彼のことばが途切れた。だが最後のしぐさから、わたしは彼の母親を訪ねる際、

3　他の作品にも出てくるが、革命以前の貨幣単位で、フランと同じこと。資産に関してはこのように使われ続けた。

致命傷の原因となったこの鍵が、まさにわが使命を証明するものになるのだと悟った。感謝のことばをひとことも伝えられないことを深く悲しみながら――というのも、わたしが身を挺して使命をはたすものと確信していたのである――彼はすがるような眼差しで、しばしわたしを見つめた。やがて、まつ毛をしばたたかせて別れの挨拶をすると、頭をがくっと落として絶命した。彼の死は馬車の転覆事故が引き起こした唯一の不幸であった。「あの人にだって、いくらか落ち度があったんですよ」と、御者はわたしにいった。

ラ・シャリテの町で、わたしはこのあわれな旅人の口頭による遺言を執行した。彼の母親は不在であったが、わたしにとってはむしろ幸いといえた。それでも、わたしは年老いた女中の悲嘆に立ち会わなくてはならなかった。若い主人が死んだことを語って聞かせると彼女はよろめき、血痕の残った鍵を目にすると、今にも死にそうな様子で椅子に倒れてしまった。だがわたしは、運命によって人生の最後の恋を奪われてしまった女の苦しみという、より大きな問題に気を奪われていたから、いつまでも興奮してわめき続ける年老いた女中を後に残し、たった一日だけの友だちの手で丁寧に封をされた貴重な手紙一式を携え、これを運ぶことにした。

伯爵夫人が住む城館はムーランから八リューのところにあったが、そこにたどり着くには農地を何リューも行かなくてはいけなかった。使者としての役目を果たすにも、実はそのときのわたしには容易ではなかった。詳しく説明するには及ばないことだが、いくつかの事情が重なって、わたしはムーランに行くまでの金しか持ちあわせていなかったのだ。しかしながら若さゆえの熱意によって、ならば徒歩で行こう、悪い知らせは早く伝わるからそれに先んじるほど早足で歩こうと、わたしは心に決めたのだった。

いちばんの近道を教わって、いわば死者を肩にかつぐような思いでブルボネ地方の小道を進んでいった。やがてモンペルサンの城館に近づくにつれて、自分が乗り出したこの奇妙な巡礼に、次第に尻込みするようになった。

わが想像力はまるで小説のような空想をいくつも生み出した。モンペルサン伯爵夫人に、あるいは小説の創作技法に従って言うならば、若き旅人がかくも愛した「ジュリエット」にいかなる状況で出会うことになるのか、わたしはあれこれと思い描いてみた。そして、わたしに向けられるにちがいないいくつかの質問に対して、気のきいた答えを考え出した。森を迂回するごと、切り通しごとに、ソジーが角燈を相手にして戦況を報告する場面[4]のようにリハーサルをしてみるのだった。恥ずかしいことではあるが、わたしがまず考えたのは、自分が披露したい態度とか、才気とか、自分のそつのなさといったことばかりだった。しかしいよいよその土地に着いてみると、まるで灰色の雲のベールを引き裂く落雷のごとく、なにやら不吉な思いがわたしの心をよぎるのだった。若い恋人を正々堂々と自分の屋敷に連れてくるためにさんざん苦労したあげく、名状しがたいほどの喜びの瞬間を今か今かと待ち望みながら、愛する男のことで胸をいっぱいにしている女性にとって、これはまたなんとおそろしい知らせであろうか。

しかし死を告げる使者になるというのは、残酷ではあってもひとつの思いやりではないか。こんな風に考えながら、わたしは泥だらけになり、ぬかるみに足を取られつつブルボネ地方の道を急いだ。やがて栗の木が植えられた広い並木道に出ると、その向こうにはモンペルサンの城館が中空にくっきりと浮かび上がっていた――それははっきりしていないながら幻想的な輪郭をした、黒ずんだ雲のかたまりのようだった。

城館の正門は大きく開け放たれていた。この予期せぬ状況が、わたしの計画や想定をすっかり狂わせてしまった。それでも意を決して入っていくと、たちまち二匹の犬がそばにやってきて、これぞ田舎の犬だとばかりにワンワンと吠えたてた。これを聞いて太った女中が駈け寄ってきたので「伯爵夫人にお話があるのですが」というと、女中は城館のまわりをうねるように取り囲む英国風庭園を指さして、「奥様はあちらにいらっしゃいます」と答えた。

「どうも」わたしは皮肉な口調でいった。女中の「あちらに」を真に受けたりすると、庭園を二時間ばかりさまよいかねないのだから。

そうこうするうちに、ピンクのベルトを締めた白いドレスを着て、プリーツのついたケープをまとい、髪をカールした可愛らしい少女がやってきた。彼女はわたしたちのやりとりを聞きつけたか、様子で察するかしたものと見える。わたしの姿を見ると少女は「お母さま、男のかたが御用があるそうよ」と、おしゃまな調子で叫びながら行ってしまった。

わたしは庭園の小道をいくつも曲がりながら、白いケープが飛んだり跳ねたりする

4　モリエール『アンフィトリヨン』一・一。ソジーは、テーベの将軍アンフィトリヨンの従僕。戦さの報告を妻のアルクメーヌにしてくれと頼まれるが、ソジーは戦場には行ってないので、困惑している。

あとを追いかけていった。まるで鬼火のように、その白いケープが少女の通る道を教えてくれたのである。

なにもかも白状しておこう。実はわたしは、並木のはずれの茂みのところで襟を正し、安物の帽子とズボンを上着の袖の折り返した部分ではたいておいたのだ。さらに上着を袖ではたいてから、左右の袖もぱんぱんと合わせておいた。それから、外側より少しくらいは新しいウールの裏地が見えるように、注意深くボタンをかけたのである。最後に、草できれいに泥落としをしたブーツの上にズボンを下げた。抜け目なく身づくろいをしておけば、郡の租税徴収係にまちがわれることもあるまいと思ったのだ。それにしても、今になってあの青春時代のことを思い返すと、われながらときおり笑ってしまう。

緑なす茂みの曲がり角のところで、こうして格好をつけていると、熱い日の光に照らされてたくさんの花が咲きほこるなかに、ジュリエットとその夫の姿をふと認めた。あの可愛い少女が母親の手を引っぱっていた。娘からなにやらわけのわからないことを聞かされ、彼女が足早にやってきたことがすぐに察せられた。

見知らぬ男がぎこちなく会釈するのを目にして、彼女はびっくりしたように立ちどまると、とりすました態度で不満そうな表情をして見せた。彼女の秘密を知るわたしからすれば、この愛すべき仕種はあらゆる期待が裏切られたことを如実に示していた。わたしは、あれほど苦労して準備した美辞麗句のいくつかを思い出そうとしたものの、むだだった。こうしておたがいにぐずぐずしているうちに、夫がやってきてしまった。いくつもの考えが脳裏をかすめた。なんとか体裁をとりつくろおうとして、わたしは大して意味のないことばを口にしては、ここにおられるのはモンペルサン伯爵ご夫妻でしょうかなどと聞いたりした。わたしのような年齢の人間にしてはめったにない洞察力でもって、水入らずの生活を突然にかき乱されたこの夫婦のことを一瞬のうちに判断し、分析することができた――だがそれも、こうして他愛もないことを話していたおかげだった。

夫は、当今地方の最高のお飾りともなっている、典型的な田舎貴族のように見受けられた。彼は靴底の厚い大きな靴をはいていた。靴のことをまっ先に述べたのは、色あせた黒い上着や、くたびれたズボン、だらしなく結ばれたネクタイ、そり返ったシャツのカラーよりも、それがよりいっそう強烈な印象を与えたからにほかならない。この男には官吏のようなたたずまいも少しあったが、それよりもはるかに県会議員のような雰囲気が強く見られた。また、刃向かう者などいない郡長のような貫禄や、被選挙権がありながら一八一六年以来落選続きの候補者のような苦々しさもうかがわれた。田舎風の良識と愚かさとが絶妙に混じり合っていたのだ。もったいぶったところはないものの、富をかさにきた尊大なところがある。妻には大変に従順なのだけれど、あくまでも自分が主人だと思い、細かなことにはあれこれ文句をつけるくせに大事なことには全然気がまわらないといった人間だ。おまけに顔には張りがなく、しわだらけで日に焼けている。白髪まじりの長髪がぺったりと頭にはりついている。これがこの男だ。

ところが伯爵夫人ときたら！　亭主と並べてみると、なんと強烈にして目を見張るほどのコントラストをなしていたことか！　それはうっとりするようなたたずまいの、優雅で小柄な女性だった。可愛らしくきゃしゃで、さわると骨が折れるのではないかとこわくなるくらいだった。彼女は白いモスリンのドレスを着ていた。ピンクのリボンがついた帽子をかぶり、同じくピンクのベルトを締めて、袖なしのブラウスが両肩と非常に美しい胸の輪郭線を包みこんでいた。男たるもの、これを見たならばすべてを自分のものにしてしまいたいという欲望が心の底からわいてくるのを禁じ得ないにちがいない。その黒い瞳は生き生きとしており、表情豊かで身のこなしは優美、魅惑的な足をしていた。女性経験の豊富な年輩の男でも、彼女のことを三十歳を越しているとは見なかったにちがいない。額や、顔の衰えが見えやすい部分にも、それほど若さがみなぎっていたのだ。性格は、ルーヴェの例の小説[5]を読んだ青年ならいつまでも記憶に鮮やかに残る女性の二つのタイプ、すなわちリニョール伯爵夫人とB侯爵夫人[6]の性質を兼ね備えているように思われた。わたしはこの夫婦の秘密に不意に入りこんで、老練な大使さながらの外交的決断をくだした。宮廷人や社交界人士たちの如才なさのなんたるかを理解して機転をきかせることができたのは、わが人生においては、おそらくこのときだけであったのだ。

気ままな日々をすごしていたあのころから今日まで、わたしはあまりに多くの戦いに身を委ねてきた。そのせいで今では日々のささいな行いも素直にはできなくなった

5 『騎士フォーブラの恋』（一七八七〜九〇年の間に刊行）。若い主人公と、三人の女性との恋愛模様を描いた大長編。

6 リニョール伯爵夫人もB侯爵夫人も、不幸な結婚を強いられている。前者は天真爛漫な女、後者は恋多い女である。

し、マナーとか上品さを守らずには何ごとも実行できなくなってしまった。もし大らかな感情がわたしのなかに芽生えたとしても、それを味気ないものにしてしまうのだ。

「伯爵、実は折り入ってお話ししたいことがございまして」わたしは何歩か後ずさりしながら、秘密めかした調子でいった。

伯爵はわたしのあとについてきた。ジュリエットはわれわれを二人だけにして、夫の秘密など知りたいときにいつだって知ることができるとばかりに、あっさりとその場を離れた。わたしは、わが旅の道づれの死について手短に伯爵に話した。この知らせを聞いたときの伯爵の反応は、わたしという若い協力者に対して彼がかなり好感をいだいていることを示していた。この発見に勇気づけられて、わたしはその後のやりとりでも次のように答えることができた。

「妻はさぞかしがっくりくることでしょう。この不幸なできごとを知らせるには、慎重を期する必要がありますね」

「伯爵」といって、わたしはこう答えた。「まずあなたにお話し申し上げたことで、わたしは義務を果たしました。見知らぬ人から伯爵夫人にといって授かった使命を果たす前に、あなたにお知らせしておきたかったのです。ですが彼は、一種のきわめて名誉ある信託をわたしに行ったのでして、この秘密を勝手に取り扱う権限はわたしにはありません。伯爵の人格識見の高邁であることを彼の口からも聞きまして、彼の最後の願いをこのわたしが叶えることにご異存はなかろうと考えた次第なのです。わたしに課せられたこの沈黙を破ることができるのは、伯爵夫人だけなのです」

自分への賛辞を聞いて、伯爵はいかにもうれしそうにうなずいた。そして実に回りくどいお世辞を返してから、ようやくわたしを解放してくれた。こうしてわれわれは引き返したのだが、そのときちょうど昼食を告げる鐘が鳴った。わたしは食事を共にするようにと誘いを受けた。われわれがいかめしく口をつぐんでいるのを見て、ジュリエットはこっそりこちらの様子を窺っていた。夫がどうでもいいような口実をもうけて彼女とわたしを二人だけにしたので、とても驚いたジュリエットは立ち止まり、女だけに与えられているあの一瞥をこちらに投げかけてきた。その眼差しは、不意に現れた見も知らぬ男を迎えた女主人が当然しめすべき好奇の心で満ちていた。恋人とはすごく対照的なわたしの服装、若さの表れ方、顔つきからして、当然の疑念が彼女の顔にまじまじと浮かんでいた。そしてまた、深く愛されている女ならではの侮蔑の眼差しも見てとれた――彼女の目からすれば、男などはたった一人をのぞいては無に等しいのだ。孤独な日々のあらゆる幸福を恋人のためにしっかり取っておいたのに、予期せぬ客が立ち現れたことから思わずいだいた不安、恐怖、うっとうしさも見られた。

この無言の雄弁さに納得がいったわたしは、悲しみがこもり、同情と憐れみに満ちた微笑でそれに応えた。そして両側に花々が咲きほこる狭い小道でおだやかな日射しを浴びてたたずむ彼女の、輝くばかりの美しさをしばし見つめた。このすばらしい光景を目にして、わたしは思わずため息を禁じ得なかった。

「ああ奥様、ぼくはとても辛い旅をしてきたところなのです。あなただけのためにやってきました」

「なんですって」と、彼女がいった。

「実はぼくは、あなたをジュリエットと呼んでいる人の代理でやってきたのです」

こういうと、彼女の顔がさっと青ざめた。

「きょうは、あの方にはお会いできませんよ」わたしはいった。

「病気なんですの？」彼女が声を落としていった。

「そうです。お願いですから落ち着いてください。ぼくは彼に頼まれて、あなたに関する、とある秘密をお伝えしにまいりました。これほどに口が堅く献身的な使者はいないものとお考えください」

「なにがあったのです？」

「彼がもはや、あなたを愛してはいないとしたらどうです？」

「そんなことは、ありえません！」彼女が叫んだ。そしてかすかにほほえんだが、それはまさに率直なまでに思いの伝わる微笑だった。

それから彼女は、不意にぶるぶるっと身を震わせたかと思うと、わたしの方をきっと睨みつけて、顔を紅潮させせながらこういった。

「あの人、生きてますよね？」

ああ神よ、なんとおそろしい言葉だろうか。わたしはこの言葉をしっかり受けとめるには若すぎたのであり、返事をすることなく、この不幸な女性を呆然として見つめるだけであった。

「さあ、あなた、答えてください！」彼女が叫んだ。

「ええ、無事ですよ」

「本当ですの？　真実を話してください、なにを聞いても平気ですから。お願いです。不安なままの気持ちに比べたら、どんな苦しみもつらくはありません」

この尋常ではない口調を受けて、わたしは思わず二粒の涙で返事をしてしまった。

彼女はかすかな叫び声をあげると、一本の木に寄りかかった。

「ご主人ですよ、マダム」

「わたしに夫なんているものですか！」こういうと彼女は逃げるようにしていなくなった。

「さあさあ、食事がさめてしまいます。どうぞおいでになってください」伯爵が大声でいった。

わたしはこの館の主人にしたがった。彼はわたしを食堂に案内してくれたが、そこではパリの食卓でわれわれが慣れ親しんでいるような豪華さで食事が出された。五人分の食器類が用意されていた。伯爵夫妻、その娘、本来ならば「彼」の分であった「わたし」の食器、そしてサン＝ドニ聖堂参事会員の分であった。参事会員が食前の祈りをすませると、「わが親愛なる伯爵夫人はどちらですか？」といった。

「いや、すぐ来ますから」伯爵が答えた。彼はわれわれの皿に手早くポタージュをよそうと、自分の皿にもたっぷりと取って、これを驚くべき早さで平らげた。

「おやおや！」参事会員が甥である伯爵にいった。「奥さんがここにいれば、きみだってそんな無茶はしないだろうに」

「パパ、身体に悪いわよ」少女がいたずらっぽくいった。

食事をめぐってこの奇妙な一幕が演じられた後、伯爵がなにやら獣の肉をてきぱきと切り分けているときに、小間使いが入ってきてこういった。

「旦那さま、奥さまがどこにも見あたらないのでございますが」

これを聞いて、わたしはなにか不吉なことでも起こったのではないかと心配になり、思わず立ち上がった。わたしの表情に不安がありありと表れていたためか、老参事会員もわたしについて庭に出てきた。夫は儀礼的に戸口のところまでやってきて「ここにいてください。心配などありませんから」と叫びはしたものの、われわれについてはこなかった。

参事会員、小間使い、それにわたしの三人は、夫人の名前を呼んだり、返事がないかと耳を澄ませたりしながら、庭園の小道や芝生のなかまで探しまわった。わたしが、実は若い子爵が死んだのですと話したために、みんなよけいに不安に駆られた。あちらこちらを捜索しながら、わたしは子爵の命を奪った事故の模様を話したのだが、小間使いが伯爵夫人をこの上なく慕っていることがわかった。というのも、彼女は参事会員と比べてはるかにしっかりとわたしの不安の意味がわかっていたのだ。われわれは池がいくつかあるところまで行ってくまなく探したものの、伯爵夫人の姿はおろか、なんの形跡も見つけることができなかった。こうして最後に塀にそって引き返してきたとき、納屋のような場所からひどく押し殺したような呻き声がかすかに聞こえてきた。念のためと思い、わたしは中に入った。ジュリエットがいた。彼女は絶望的な気持ちに駆られて、干し草に身をうずめていた。慎み深さだけにはどうにもあらがうことができずに、痛嘆の叫びを押し殺すために顔を干し草のなかに隠していたのだ。それは嗚咽であり、子供のような泣き声であったが、人の心に強く響く悲しい嘆きだった。彼女にとって、この世にはもはやなにも存在しないのである。小間使いが彼女を干し草のなかから抱き起こしたものの、もはや放心状態で死にかけた動物のようにぐったりとしており、されるがままになっていた。小間使いは「奥さま、しっかりなさってください！　奥さま！」というだけで、おろおろしていた。

老参事会員が「どうしたんだい？　どうしたというのだい？」と聞いていた。

小間使いに手伝ってもらい、わたしはジュリエットを寝室に運んだ。夫人をしっかりと看病するように、そしてみんなには伯爵夫人は頭痛で休んでいると伝えるようにと、小間使いに頼んでおいた。それだけ言うと、参事会員とわたしは食堂に降りた。伯爵と別れてからしばらく時間がたっていたし、柱廊のところにくるまで彼のことなどほとんど忘れていたが、その無関心ぶりには驚くしかなかった。そして、彼が落ち着きはらって食卓に座っているのを見て、わたしの驚きはさらに増した。彼はなんと、昼食をほとんど平らげてしまっていたのだ。少女は、父親が母親の言いつけに公然とそむいているのを見て喜んでいた。

突然、参事会員と伯爵がちょっとした言い争いになった。それを眺めていて、わたしは夫たる伯爵の異常なまでの無関心さに納得がいった。名前は忘れたが伯爵はなにやら重い病気にかかっていて、その治療のために医者は厳しい食餌療法を命じていたのである。ところが彼ときたら、回復期の病人につきもののあの猛烈な食欲に駆られてしまい、獣のようなその食欲が人間としてのあらゆる感覚にうち勝ってしまったのだ。一瞬のうちに、わたしは人間のあからさまな本質をのぞいたのだった――しかも、途方もない苦悩のただなかに喜劇的なものが置かれるという、まったく異なった二つの様相から、それをのぞき込むことになったのである。

その晩、城館は悲しみに包まれた。わたしは疲れていた。参事会員は、姪の涙の原因を探ろうとして必死に知恵をしぼっていた。夫の伯爵はといえば、妻が自分の具合の悪さについて小間使いの口からいわせたあいまいな説明に満足して、黙々と夕食の消化にはげんでいた。どうやらその説明は、女性特有の体調不良にかこつけてなされたものらしかった。わたしたちはみんな早く床についた。

召使いの案内で、わがねぐらに向かう途中、伯爵夫人の部屋の前を通りかかったわたしは、遠慮がちに具合をたずねてみた。わたしの声だと気づいた彼女は、わたしを部屋に招じ入れるとなにやら話そうとした。けれども彼女は、なにひとつはっきり言葉には出せずにうなだれるだけであったので、わたしは退室した。わたしは青年ならではの誠実さをこめて、この残酷なまでの衝撃を彼女と共有してはいたものの、強行軍の疲れがどっと出て眠ってしまった。ずいぶんと夜がふけたころ、鉄のレールの上をカーテン・リングがぎぎっと激しく引っぱられる音がして、わたしは目が覚めた。ベッドの脇に伯爵夫人が座っていた。その顔は、テーブルに置かれたランプの光をまともに受けていた。

「やはり本当のことなのでしょうか？」と、彼女が聞いた。「このようなひどい衝撃を受けて、わたしにはどうやって生きていけばいいのかもわかりません。でも、今は少しばかり気持ちも落ち着いてきました。すべてを知りたいのです」

彼女の髪の黒とコントラストをなす青白い顔色を目にし、のど元から絞り出すような声を聞いて、すっかり変わってしまった顔つきが如実に物語る憔悴ぶりに唖然としながら、わたしは「なんたる落ち着きぶりだ！」と思わずにはいられなかった。彼女は、秋という季節が記した最後の彩りも奪われた葉のように、すっかりしおれてしまっていた。真っ赤にはれたその目は美しさをすべて失い、つらく深い悲しみを映し出すだけだった。それはまるで、ついさっきまで陽光が輝いていた場所を灰色の雲がおおってしまったかのようであった。

わたしは、彼女には苦痛にたえないようないくつかの状況については軽くふれるだけにして、恋人を奪い去った一瞬の事故について、かいつまんで話した。また、ふたりの恋の思い出話にみちあふれていた、われわれの旅のはじまりのことも語った。彼女は涙ひとつこぼすことなく、熱心な医者が病状をうかがうようにこちらに身をかがめ、むさぼるようにじっと聞き入っていた。

彼女がその苦しみに完全に心を開き、絶望の高まりがもたらした激しい感情のままに自分の不幸のなかに没入していこうとするその瞬間をとらえて、わたしは死にゆく恋人が気にしていたことを話に持ちだし、最後のメッセージを託された経緯や理由を述べた。

すると彼女の瞳は、魂のいちばん深い領域から発せられた暗い炎のせいで乾いていったのだった。その顔色はいっそう青ざめたかに思われた。わたしが枕のしたに忍ばせておいた手紙の束を渡すと、彼女はそれを呆然としながらも受け取った。それから激しく身を震わせると、うつろな声でこういった。

「わたしはあの人の手紙は焼いてしまいました。あの人のものはなにも持っていないんだわ、なにも！」

こういうと彼女は、悔やみきれずに自らの頭をたたいた。

「奥さま」わたしがいうと、彼女はひきつったような表情でこちらを見つめた。「あの人の髪の毛をひとふさ切ってきました。これがそうです」と、わたしはことばをついだ。

そしてこの遺品を、彼女が愛した男の不朽の断片を彼女に手渡した。ああ！　もしもあなたがこのとき落ちてきた熱い涙を、わたしのように手の上に受けとめることができたとしたら、親切を行ったすぐあとに感じられる感謝の念がいかなるものなのか、おわかりいただけたであろうに！　彼女はわたしの手を握りしめ、おそろしい苦悩のさなかにかすかな幸福がちらりとよぎるような輝く眼差しを向けると、押し殺した声でこういった。

「ああ！　あなたも恋をしているのね。いつまでも幸せでいてくださいね。あなたの大切な女性を失うようなことがないように！」

こう言い終わらないうちに、彼女はその宝物を持って姿を消した。

翌日になると、この夜の情景はわたしの夢と混じりあい、まるで虚構かとも思われた。枕元にしまっておいた手紙の束を探しても見つからず、わたしはようやくにして、それが痛ましい事実なのだと納得した。翌日のできごとについては、縷々《るる》お話しするには及ばないのではないだろうか。わが不幸な旅の道づれがあれほどに讃えてやまなかったジュリエットと、わたしは何時間かを共にすごした。彼女のささいな言葉づかいや、しぐさやふるまいは、どれも高貴な心と精細な感情の証であった。それらがこの女性を、この地上にはめったに播《ま》かれることのない愛と献身とを身に帯びた、この上なく大切な被造物にしているのだった。

その日の夕方、モンペルサン伯爵は自らわたしをムーランまで送ってくれた。ムーランに着くと、伯爵はなんだか困ったような様子でこう切り出してきた。

「あなたのような見知らぬ方にご恩を受けておきながら、そのご好意に甘えてぶしつけなお願いをいたしたくはないのですが、パリに行かれるのでしたら、申しわけありませんがサンチエ通り［現在の二区、証券取引所の東］の某氏――名前は忘れてしまった――のところにご足労願えませんか。そして、この金を渡してくださいませんか。早く返すようにと頼まれているものですから」

「いいですとも」と、わたしは答えた。

こうしてわたしは、無邪気にも金貨二五ルイ［五〇〇フラン］の包みを受け取った。この金のおかげでパリにぶじ戻れたわたしは、モンペルサン伯爵の代理人とかいう人物にきっちり全額にして手渡したのである。

パリに着いてこの金額を指定された家に持っていく段になって、やっとわたしは、ジュリエットがいかに機転をきかせてわたしに感謝の意を示したのかを悟った。わたしに金を貸す方法、貧しさが歴然としているのに、そのことにはいっさいふれないという心づかい。これこそ恋する女の精髄を表しているではないか。

このできごとを、ひとりの女に話して聞かせたとしよう。そしておびえてあなたを抱きしめた彼女に「あなた、あなたは死んだりしないでね！」といわれたならば、その喜びはいかばかりであろうか。

一八三二年一月、パリ[7]

7 この短篇集の初出は、「両世界評論」誌一八三二年二月一五日号である。

ファチーノ・カーネ

当時のわたしは、レディギエール通りというみなさんが知らないような小さな通りに住んでいた[1]。この通りは、バスチーユ広場のすぐ近くにある、サン＝タントワーヌ通りの水汲み場の前から始まって、ラ・スリゼ通りに抜けている。学問への情熱に燃えていたわたしは、その通りの屋根裏部屋にわが身を投じると、夜は自室で勉学に励み、昼間は近くの王弟《ムッシュー》図書館ですごしていた。勉強家にとってそれが必要であるならばと、修道院生活のような厳しい規律をすべて受け入れ、つましい生活を送っていたのだ。天気がよいときにブルドン大通りを散歩することさえ、ほとんどなかった。こうした勉学中心の日常からわたしを引き離す情熱がたったひとつだけあったのだが、いま思えば、これとても勉強の一部だったのではないだろうか。わたしは、この場末の町の暮らしぶりや、住民の様子、彼らの性格を観察しに出かけていたのである。普段からその界隈に住む労働者たちと同じように粗末な身なりをしていて、外見には無頓着なわたしには、彼らのほうも身構えたりしなかった。おかげで彼らの中にもぐり込んで、連中が取引を成立させたり、仕事を終えた帰り道に言い争ったりしている様子を目の当たりにすることができた。その頃すでにわたしの観察眼は直感の域にまで達し、相手の精神のうちに忍び込んでいったのであるが、もちろんその肉体をないがしろにしていたわけではない。むしろわが観察眼が、外側に現れた細部をしっかり把握したがゆえに、ただちにその内奥にまで達しえたのだ。『千夜一夜物語』に出てくるイスラムの托鉢僧が呪文をとなえ相手の心身に乗り移ったように、わが観察眼によって、わたしはそれが向けられた相手と入れ替わる、つまりその人間の人生を生きることができたのである。

夜の一一時から一二時頃、アンビギュ＝コミック座[2]のお芝居がはねて、労働者夫婦が連れ立って帰っていくのに出くわしたりすると、わたしはポン＝ト＝シュー大通りからボーマルシェ大通りのあたりまで、面白半分に付いていったりしたものだ。いかにも実直そうなこうした連中は、最初のうちは見てきたばかりの芝居の話などをしているけれど、いつの間にか話題は自分たちのことにうつっていく。子供の手を引いている母親は、子供がだだをこねてもおねだりしても耳を貸しはしない。夫婦は翌日に支払われるはずの賃金を計算して、あれこれ使い道を話し合う。それからこまごました家事のことや、ジャガイモの価格が高騰したとか、いつまでも冬が長びくし練炭が値上がりしたといった泣き言が始まる。さらには、パン屋への支払いがたまっているといっては悪態をつく。ついには激しいやりとりとなり、おたがいが本性をさらけだして派手な言葉の応酬になったりする。こうした連中の会話を聞くことでわたしは彼らの人生と結婚[3]することができて、まるで自分が彼らのぼろ着をまとっているように感じ、穴のあいた彼らの靴をはいて歩くのだった。そういうときは彼らの願望や欲求など、すべてがわたしの心のなかに入ってきた。あるいは、わたしの心が彼らのなかに入りこんでいくのだった。それは目覚めている人間が見る夢にも等しかった。彼らをこき使う仕事場の上司や、何度も顔を出さないと賃金を払わない悪い慣行に対して、

1　バスチーユ広場の西側で、バルザック自身も、若かりし日に、この通りの屋根裏部屋に住んでいた。

2　一八二七年まではタンプル大通りにあって、メロドラマで人気を博した。

3　参考：「孤独にして思索を好む散歩者は、この普遍的な融合《コミュニオン》から、一種独特な陶酔を引き出す。群衆とたやすく結婚する者は、（……）熱烈な享楽を識るのである」（ボードレール「群衆」）。
バルザックは明らかに詩人ボードレールを先取りしている。

わたしは彼らとともに怒りを覚えるのだった。自分の日常をはなれ、精神機能を陶酔させることで、自分とは別の人間になり、そしてこのゲームを好きなだけ演じること、これがわたしの気晴らしなのだった。では、この才能は、どこからきたのだろうか？　透視能力とでもいうのだろうか。酷使すると人を狂わせるという、あの能力のひとつだろうか？　わたしはこの能力の原因を探ってみたことなど一度もない。わたしがその力を所有していて、行使している——それだけにすぎない。ただ、次のことだけはご承知いただきたい。この頃には、わたしはすでに、民衆という名の不均質な集団を複数の要素に分解して、その長所も欠点も評価できるようにしっかりと分析を終えていたのだ。英雄や発明家、街の物知りや、ごろつき、悪人、有徳の士や背徳者。だれもが貧困に押しつぶされ、困窮に窒息し、酒におぼれ、強烈なリキュールで精神が鈍磨している。このような場末の町という革命の温床にいかなる効用があるのかを、わたしはすでに知っていたのである。この悲しみの町で、どれほどの冒険が敗北を喫し、どれほどのドラマが忘れ去られてしまうのか、あなたには想像もつかないにちがいない。そこには、おそろしいできごとや、すばらしいことが、いくらでもあるのだ！　想像力だけでは、そこに隠されている真実にまでは届かず、また、だれも彼らの中に入りこんで真実を発見できはしない。悲劇にせよ喜劇にせよ、こうした驚嘆すべきシーン、いわば偶然が生み出した傑作を見いだすにはどん底にまで降りていく必要があるのだ。どういうわけか、わたしはこれからお話しする物語を、長いこと黙ったまま心の奥底にしまってきた。これは、袋の底にずっと残っていて、ひょんなことから記憶が気まぐれをおこして、宝くじの当たり札のように偶然に拾いあげたといった体の、奇妙な物語のひとつといえる。これと同じように風変わりで埋もれたままのお話は、まだまだたくさんある。でも、ご心配なく。またいつか、それらをお話しする順番がやってくるはずなのだから。

さてある日のこと、家政婦から――職人の女房なのだけれど――、妹のひとりが結婚式を挙げるものですから、ぜひとも出席していただけませんかと丁重に頼まれた。この婚礼がいかなるものなのかおわかりいただくには、毎朝やってきてベッドを整え、靴を磨き、服にブラシをかけ、部屋の掃除をし、朝食の用意をしてくれるこの女に、わたしが月に四〇スー［二フラン］[4]払っていたことを申し上げなくてはならない。そのあと彼女は、なにか機械のハンドルをまわす仕事をしに行って、めいっぱい働き、このきつい仕事で、一〇スーの日銭を稼ぐのだった。夫は家具職人で四フランの日給を得ていたが、子供が三人いたから、これでは日々暮らしていくのがやっとだ。わたしは、この夫婦ほど実直そのものの人間にはお目にかかったことがない。なにしろ、わたしがその町を離れてから五年間というもの、家政婦のヴァイヤンおばさんは、それこそ一〇スーの貯えもないというのに、わが祝日[5]には花束やオレンジを手にしてわざわざ訪ねてきてくれた。思えば、貧困がわれわれを近づけたのだった。訪問の礼としてわたしが彼女にあげられるのは一〇フランがせいぜいであったが、それはたいてい、そのために借りた金であった。こうした事情を申し上げれば、わたしが婚礼に行くと約束したこともおわかりいただけるはずだ。わたしとしては、こうした貧しい人々の喜びのなかにわが身を寄せてみようと思ったのである。

祝宴も、それに続くダンスも、すべてシャラントン通り[6]の居酒屋の二階でおこなわれた。そこはブリキの反射板がついたランプで照らされた大きな部屋で、壁紙はテーブルの高さのあたりがきたなく汚れており、壁にそって木製のベンチがいくつか置かれていた。この部屋に、一張羅《いっちょうら》をまとい花束をかかえたりリボンを付けたりした[7]八〇人もの男女が、クルチーユ[8]のダンスホールにでもいるような気分で盛り上がって顔をほてらせ、この世の終わりかといわんばかりに踊りまくっていた。新郎新婦が接吻を交わすと、一同はいかにもご満悦で「あれ、あれ！」とか「ほら、ほら！」とはやし立てる。はしゃいではいるものの、お育ちのいい娘たちがこそこそ男と交わす目くばせに比べたら、まだ慎みがある。ここに集う連中は満足感をむき出しにしているだけに、そこにはなにかしら打ち解けた感じが見られたのだ。

しかしながら、ここに集まった人々の表情も、婚礼も、この連中のことはなにひとつとして、これからお話しする物語には関係ない。この異様な雰囲気だけを覚えておいていただきたい。赤い壁面の、きたならしい店を思い描いていただきたい。安ワインの匂いを嗅いで、この歓喜の叫び声に耳をかたむけていただきたい。われを忘れて一夜の快楽にふける、労働者や老人、貧しい女たちのただ中に、しばし身を置いてい

4　一スーは五サンチームだから、ここは二フランということになる。なお、当時の一フランは、現在のほぼ千円に相当。
5　フランス人は聖人の名前を自分の名としている場合が多いが、それら聖人の祝日、ということ。
6　現在のバスチーユ・オペラ座の脇を通る細長い道。
7　昔は、婚礼の際に、新郎が参列者にリボンを配る習慣があった。
8　パリ北東部、現在のベルヴィルの西のあたりで、元はブドウ畑。「ガンゲットguinguette」と呼ばれる食べて踊れる居酒屋が林立し、祝日と祭日には民衆が繰り出した。

ただきたいのである。

さてそこで演奏していた楽団であるが、すぐ近くのカンズ＝ヴァン盲人院[9]の三人の盲人で構成されていた。ひとりがヴァイオリン、ひとりがクラリネット、最後のひとりが縦笛《フラジョレット》で、当夜の出演料は三人まとめて七フランだった。この金額であるから、もちろんロッシーニやベートーヴェンをやるはずもない。彼らは自分たちの好きな曲、できる曲だけを演奏していたが、だれも文句などいわなかった。なんとすてきな心づかいであることか！　彼らの演奏が鼓膜にがんがんと響くので、わたしは列席者一同をちらっと見てから、この盲人のトリオに視線をやった。しかし、彼らが制服姿であることに気づいて、すぐさま寛大な気持ちになった。楽師たちは窓ぎわのくぼんだところで演奏していたから、その表情を見分けるには近くに寄らなくてはいけなかったのだけれど、わたしはすぐには近づかなかった。だが、いざ近寄ってみると、どうしたことか、その瞬間に世界は一変し、婚礼もその音楽もわたしの意識から消え失せ、好奇心が極度にかき立てられた。というのも、わたしの心はクラリネット奏者の身体に乗り移ったのである。ヴァイオリンと縦笛の奏者は、二人ともごくありきたりの顔で、盲人によくあるタイプの注意深く、重々しく、緊張感にあふれた表情を見せていた。ところがクラリネット吹きは、芸術家や哲学者でもふと立ち止まらせるような、特異な顔をしていたのである。

ケンケ灯[10]の赤くほのかな明かりに照らされて、森のように豊かな銀髪をいただいたダンテの石膏マスクを想像していただきたい。この秀麗なる顔に浮かぶつらく悲痛な表情は、盲目ゆえに偉大なものとなっている。死んだはずの目が、思想の力によってよみがえっているのだ。その目からは、燃えるような光が発せられていた。それは何らかの力強い欲望が生み出した光なのであり、その欲望は、さながら古い壁面のように何本ものしわが寄った額に力強く刻まれていた。老人は拍子にもメロディにもまったく無頓着に、でまかせにクラリネットを吹いていた。古ぼけたキーを押さえる指は、慣れっことなった機械的な動きで上下に動いているだけで、楽団用語で「アヒル《カナール》」と呼ばれる調子はずれの音を遠慮なしに出していた。ダンスをしている連中も、このイタリア人の二人の相棒と同じく、そんなことには全然気づきもしない。わたしはクラ

9　シャラントン通りにあり、一三世紀、聖王ルイが創設した。

10　一九世紀初頭に作られた丸芯のランプ。「ケンケ」は製作者の名前。

リネット吹きがイタリア人であることを願っていたのだが、実際、彼はイタリア人だったのである。忘れ去られる運命にある、オデュッセウスさながらの苦難や冒険を自らのうちに秘めたこの年老いたホメロス[11]には、なにかしら偉大にして有無をいわせぬものが見受けられた。その偉大さは正真正銘であって、落魄《らくはく》の身をも超克していた。そのあらがいがたい迫力は、貧困をも凌駕していた。高貴な目鼻立ちのその顔には、人間を善や悪へと導き、英雄にも徒刑囚にもしてしまうような激しい情熱の数々がすべて見てとれた。この青ざめたイタリア人の顔には白髪まじりの眉毛が陰影を与え、深い眼窩にも影を落としていた。その目を見ていると、いまにも思考の光がふたたび立ち現れるのではないかと、こわくなるほどだった。まるで松明《たいまつ》と短剣を手にした盗賊が奥から姿を現しはしないかと、洞窟の入口で、おびえているようなものだった。この肉体の檻のなかには、たけり狂う怒りを鉄格子に対してむだにぶつけ、力を使い果たした一頭のライオンが住んでいたのだ。絶望の噴火はすでに消えて灰と化し、溶岩は冷えて固まっていた。だが何本もの溝が、地形の激変が、わずかな煙が、この噴火のはげしさと火の猛威を物語っていた。この男の姿を見て呼び覚まされたこのような思念は、彼の顔の上では冷えきっていたが、その分、わたしの心のなかで熱く燃えさかっていたのである。

ヴァイオリンと縦笛の二人は酒びんとグラスのことがひどく気がかりで、コントルダンス[12]の合間には赤茶けたフロックコートのボタンに楽器をぶらさげて、窓ぎわの小テーブルに手を伸ばしていた。そこに彼らの食事や飲み物が置かれていたのだ。そして、テーブルが椅子の背後にあるせいで自分では手が届かないイタリア人に、そのつどたっぷりとワインがつがれたグラスを手渡していた。クラリネット吹きは、酒を受け取るたびにいかにも親しげにうなずいて、感謝の意を示していた。盲人院の盲人たちは、驚くほど正確に身体を動かすものだから、人々は目が見えているのではないかと疑ってしまうほどなのである。わたしは彼らの会話を聞こうとして、そばに近づいた。だが、いざ近寄ってみると、こちらの様子をうかがって労働者とはちがうと悟ったのか、彼らは押し黙ってしまった。

「どちらのご出身ですか、クラリネットを吹いておられる方は?」

11　ヘロドトス作と伝えられる『ホメロス伝』では、ホメロスは失明したことをきっかけに詩作に専念し、詩の朗唱により糊口をしのぐ。

12　英国起源のダンスで、country-danceのなまり。二列の男女が向かい合って踊る。

「ヴェネツィアです」盲人は軽いイタリア語なまりで答えた。

「生まれつき目が不自由なのですか。それとも事故かなにかで……」

「病気ですよ」と、彼はすばやく答えた。「内障《そこひ》[13]になっちまいまして」

「ヴェネツィアは美しい町ですよね。ぼくも一度は行ってみたいと、ずっと思ってきました」

老人の表情がぱっと輝いて、顔のしわがぶるぶるっと震えた。大いに心が動かされたのだ。

「わたしがごいっしょすれば、時間もむだにはなりますまいに」

「こいつにヴェネツィアの話はしないことです」と、ヴァイオリン弾きがいった。「さもないと、総督《ドージェ》さん〔ヴェネツィア共和国の元首〕、調子に乗って、またいつもの調子で始めちまう。おまけにこの大公さまときたら、今夜はもう二本分は胃袋に流しこんでいるんだから」

「さあ始めるぜ、カナールじいさんや」縦笛吹きがいった。

三人が演奏を開始した。だが、コントルダンスを四曲演奏しているあいだにこちらの様子を窺っていたヴェネツィア人は、わたしが彼に非常な興味をいだいていることを嗅ぎつけた。その表情は悲しみを帯びた冷たさをかなぐり捨て、なにやら希望のごときものが顔いっぱいにあふれて、しわのあいだに青い炎が流れるかのようだった。彼はかすかに微笑むと、その不敵にしていかつい額をぬぐった。これから十八番《おはこ》を演じる人間のように上機嫌になったのである。

「何歳になられるのですか？」わたしは尋ねた。

「もう、八二歳ですよ」

「目が見えなくなられてからは……」

「もうじき五〇年にもなってしまう」と彼は答えたが、その口ぶりからは、視力を失ったことにとどまらず、なにかしら他の大きな力を奪われたことも無念に思っていることが読みとれた。

「みんなは、どうしてあなたのことを総督《ドージェ》と呼ぶんです？」

「茶化しているんだよ。わたしはヴェネツィアの貴族の出だからね、ほかの貴族みたいに総督にだって、なれたかもしれないわけだ」

13　外見では異常がないのに視覚が失われる病気の総称。

「では、お名前はなんとおっしゃるのですか？」

「ここではカネじいさんで通っているんだ。盲人院の名簿にも、そう書かれているだけでな。でもイタリア語では、〈ヴァレーゼ公、マルコ・ファチーノ・カーネ〉というんだよ」

「なんですって？　ではあなたは、あの有名な傭兵隊長ファチーノ・カーネの末裔《まつえい》[14]なのですか？　彼が征服した土地は、たしかミラノ公爵家に渡ったのでしたよね？」

「そのとおり《エ・ヴェーロ》だよ」と、彼はいった。「カーネの息子が、ヴィスコンティ家の刺客の手を逃れてヴェネツィアに亡命し、そこの貴族名簿に名前を書きこんでもらったのだ。でも、今ではもう、カーネの名も貴族名簿もありゃしない」

彼のぞっとするような身ぶりからは、祖国への愛も消え失せ、俗事にはすっかり嫌気がさしていることが見てとれた。

「しかしですね、ヴェネツィアの重鎮ということは、お金持ちでいらしたにちがいない。どうして財産を失ってしまったんですか？」

この質問を受けた彼は、きっと顔を上げ、まことに悲しげな身ぶりをしてわたしを見つめると、「不幸なことが起こりましてな」と答えた。

彼はもう酒を飲むことなど考えていなかった。縦笛吹きが差しだしたワイングラスを、ことわる身ぶりをすると、顔をふせた。このような状況で、わたしの好奇心は強まる一方だった。三人が機械じかけの人形のようにコントルダンスを演奏しているあいだ、この二〇歳《はたち》のわたしを食い尽くさんばかりの感情にゆさぶられながら、年老いたヴェネツィア貴族をじっと見つめていた。ヴェネツィアとアドリア海が目の前に浮かんできて、凋落したこの都市の姿が零落したこの老人の顔と重なった。住む者にはこのうえなく愛おしいこの町を、わたしは歩きまわった。リアルト橋のあたりから大運河へ、そしてスキアヴォーニの岸辺からリド島へと渡り、そしてまた、独特の崇高さをたたえたサン・マルコ大聖堂へと戻るのだった。ひとつひとつに異なる装飾がほどこされた、カ・ドーロ[15]（黄金の館）の窓を見やった。大理石をふんだんに用いた古い

14　一三五八～一四〇二年。ミラノのジャンガレアッツォ・ヴィスコンティに仕えて、実力者として君臨する。ジャンガレアッツォはヴィスコンティ一族の領土を束ね、娘をフランス王シャルル六世の弟に嫁がせて、一三九五年には、神聖ローマ皇帝からミラノ公の称号を獲得する。しかし、ジャンガレアッツォ死後の混乱のなかで、ファチーノ・カーネは公国を離れる。

15　一五世紀に建てられた装飾ゴシック様式の豪壮な館で、かつては金色に塗られていた。

邸宅や、すばらしい建築物の数々に見とれた。知識のある人間は、自分好みの色彩をそうした傑作の数々にほどこして共感するものだから、現実を目のあたりにしても自分の興趣がそがれることはない。わたしは、このもっとも偉大なる傭兵隊長の末裔の生涯をさかのぼり、彼のなかに残る不幸の痕跡と、肉体的・精神的な凋落の原因を探ってみた。もっともそうした不幸や凋落が、今この瞬間にふたたび点火された偉大さと高貴さの火花をさらに美しく見せていたのである。われわれ二人の心のうちには、おそらく相通じるものがあったのだ。盲目であると注意力が外部に拡散されず、高度な意志疎通がはるかに速くなされるにちがいない。われわれが共感しあっていることの証拠は、ほどなく示された。ファチーノ・カーネは演奏をやめると立ち上がり、こちらに近づいてきて「出ましょうや」といったのである。このことばはわたしに電気ショックのような作用を及ぼした。彼に手を貸して、われわれはそこを離れた。

表に出ると、彼がこういった。

「わたしをヴェネツィアに連れて行ってくれないか、引っぱっていってほしいのだ。このわたしを信じてくれるかい？　だったら、あんたをアムステルダムやロンドンの大富豪を一〇人合わせたよりも金持ちにしてやるぞ。ロスチャイルド家よりもお大尽さまにな。つまり、『千夜一夜物語』のように大金持ちにしてあげられるのだがな」

わたしは、この男は気が狂っていると思った。だが、その声には不思議な力がみなぎっていたので、わたしはその言葉に従って導かれるがままに老人について行った。彼はまるで目が見えるかのように、わたしをバスチーユの濠のほうに連れて行った。そして、まったく人気《ひとけ》のない場所――その後、サン＝マルタン運河とセーヌ河を結ぶ水路橋が造られたところなのだが――に着くと石材の上に腰かけた。わたしも、老人と向かい合うようにして別の石材に座った。老人の白髪が、月の光を受けて銀の糸のように輝いた。大通りの喧噪にもほとんどわずらわされない静けさ、澄みきった夜、そうしたものすべてがこの場面をまさに幻想的なものにしていた。

「あなたは、ひとりの若者に向かって巨万の富の話をしましたね。それを手にするためなら、その男がいかなる苦労をも耐えしのぶだろうと、わかっているのですか？　ぼくをばかにしているわけではないですよね？」

「いいか、これから話すことがいつわりならば、わたしは懺悔もせずに死んだってかまわないのだ」彼は強い口調でいった。「今のあんたみたいに、このわたしにだって二〇《はたち》歳のときがあったんだ。男前で金持ちの貴族だったから、まずは愚行の最たるものである色恋から手を付けた。当節では見られないような方法で女を愛してな、接吻の約束をとりつけただけなのに、長持ちのなかに身をひそめて、そのまま刺し殺されるかもしれない危険までおかしたものだ。彼女のために死ぬことこそ、人生のすべてだと思っていたんだからな。そして一七六〇年のことだった。サグレードという男に嫁いだ、ヴェンドラミー家の生まれの一八歳の女に惚れてしまったのだよ。サグレードは裕福な元老院議員のひとりでな、年齢は三〇歳、若い妻に夢中だった。ある日、わが恋人とわたしは、天使のように純粋無垢で注意をはらっていなかったため、愛を語り合っている現場を亭主《スポーゾ》に見つかってしまった。ところが、こっちは武器は持っていなかったのに、亭主めは、わたしを仕留めそこなったんだ。わたしは奴に飛びかかっていったよ。そして、ニワトリの首でも絞めるみたいに両手で絞め殺してしまったんだ。いっしょに逃げてくれと恋人のビアンカに頼んだものの、ついてきてくれなかった。女とは、しょせん、こうしたものなんだ。で、わたしはひとりで逃げたのだが、欠席裁判で有罪判決がくだって、財産は相続人たちに供託されてしまった。でもな、わたしはダイヤモンドと丸めたティツィアーノの絵を五枚、それに有り金全部を持って逃げたんだ。その後ミラノに行ったのだが、そこならば付けまわされる心配もなかったからな。ミラノ公国にとって、わたしの事件などはどうでもよかったんだ」

しばし間をおくと、彼はこういった。

「話を続ける前に、ひとつだけいっておきたいことがある。身ごもっているときや妊娠したときに女がふと思ったことが、その子供に影響するかどうかは知らんが、わが母親はわたしをお腹に宿しているあいだに、黄金への情熱にとりつかれていたことはまちがいない。わたしにも黄金に対する偏執狂的な思いがあってな。わたしの人生において黄金は必要不可欠なもので、いかなる状況にあっても黄金を身につけているんだ。四六時中、金貨をいじくりまわしているしな。若い時分などはいつだって金の装身具を身につけていたし、ドゥカート金貨[16]の二〇〇枚や三〇〇枚はかならず持っていたもんだ」

こういうと、彼はポケットから二枚のドゥカート金貨を出して見せてくれた。「わたしには黄金のにおいがわかるんだよ。目が見えなくても、宝石商の前にくるとぴ

16　中世のヴェネツィアで鋳造され、長くヨーロッパ中で流通していた。

たっと足が止まる。ところが、この情熱がわが身を滅ぼした。金貨を賭けるという魔力にとりつかれて、ギャンブラーになったんだ。しかし、いかさま師になったわけじゃないぞ。逆にいかさまにやられて、全財産を巻き上げられちまった。こうして一文無しになると、ビアンカに会いたくてたまらなくなった。わたしはこっそりヴェネツィアに戻り、彼女と再会した。半年のあいだ、彼女の家に身をひそめて養ってもらってな、幸せなときを過ごしたのだよ。そのときはこのまま楽しく人生を終えようと思っていた。ところがビアンカは、その頃ヴェネツィア提督に言い寄られていて、この男がな、恋がたきの存在に気づいてしまった。イタリアではな、ライバルというのは嗅ぎつけられてしまうものなんだ。この男は、卑怯にもわれわれを監視して、ベッドにいるところを急襲した。その闘いがどれほど熾烈《しれつ》なものであったか想像してみるがいい。わたしは提督を殺しはしなかったものの、深手を負わせてしまった。そして、この事件が再びわたしの幸福をぶちこわしたんだ。その後、ビアンカを越えるような女性とはめぐり会えなかった。たしかに、わたしは大きな快楽を手にしたし、ルイ一五世の宮廷では名だたる女性たちに囲まれて過ごした。でもな、わが愛しいヴェネツィア女のような美点や、魅力や、愛情には、ついにどこでも出会えなかった。

ビアンカに言い寄っていた提督は、わたしと闘ったとき、連れてきた部下に助けを求めた。屋敷は包囲され、彼らが踏みこんできた。ビアンカの目の前で死ぬなら本望と、わたしは身を挺して抵抗したよ。彼女も、提督を殺してしまおうとして助太刀してくれた。以前は駆け落ちをいやがったビアンカも、六か月の幸せな日々の後でわたしと心中する気になったのか、あちこちに傷まで負う始末だった。しかし最後に大きなマントを頭からかぶせられて、わたしは捕まってしまった。ぐるぐる巻きにされてゴンドラに乗せられ、パラッツォ・ドゥカーレ［総督宮殿］の独房に投げこまれた。それが二二歳のときだ。そのとき、わたしは折れた剣をぎゅっと握りしめていた――もぎ取るには、手首から先を切り落とさなければいけないほどにね。

握りしめていたのはたまたまのことだったが、いつかは役立つかもしれないとも思ったから、折れた剣を牢屋の片隅に隠したんだ。やがてけがも治った。どれも致命傷ではなかったからね。二二歳の若さがあれば、なにごとからも立ち直れるものなんだ。斬首刑に処されるというので、わたしは仮病を使って時間稼ぎをしたよ。運河のそばの地下牢にぶち込まれたと思ったから、壁に穴を掘って脱出し、たとえ溺れる危険を冒してでも運河を泳ぎ渡って逃亡しようと考えたんだ。なぜそう考えたのかというと、次のような理由からだ。牢番が食事を持ってくるたびに、光に照らされて牢屋の壁に〈宮殿側〉〈運河側〉〈地下道側〉と書いてあるのが見えるのだ。おかげで、やがてこの建物の図面が思い描けるようになった。なぜこんな指示が書かれているのかは簡単なことだった。パラッツォ・ドゥカーレという建物はまだ完成していなかったのだよ。それで説明は十分だろう。こうして、絶対に自由を取り戻すのだという強い願望がわたしにひらめきをもたらしてくれたのか、壁石のひとつを指の先でさぐっているうちに、そこにアラビア文字が彫られていることを発見したんだよ。文字を刻んだ人間は、その後、この牢に入れられた者たちに、自分は一番下の石を二つ外してそこから地下道を一フィートばかり掘り進んだぞと教えてくれていたのだ。とはいっても、この作業を引き継ぐとなると、穴を掘るときに出る石や漆喰の破片を牢屋の中にまかなくてはいけない。牢獄の構造からして外側から監視していればいいようになっているのだが、それだけでは安心できない牢番や取調官がいるかもしれないからな。しかし、たとえ彼らが見回りにきたとしても、この地下牢は石段を何段か下りたところにあったから、牢屋の中の地面を少しずつ高くしていっても悟られる心配はなかったのだ。この気の遠くなるような作業は、少なくとも、これに着手した人間にとっては徒労に終わった。地下道が未完成のままだったということが、この見知らぬ男の死を告げているのだからな。一身を捧げたこの男の苦労がむだに終わらないためには、アラビア語のわかる囚人が入牢してくる必要があったのだ。ところが幸運にも、わたしは以前にアルメニア人の修道院[17]で東洋の言語を学んだことがあったのだよ。石の裏側に記された一文が、この不幸な男の運命を語っていた。莫大な富に目をつけられてヴェネツィア共和国に全財産を奪われたあげく、死へと追いやられたのだ。

成果が形に見えるようになるには一か月かかった。作業を続けているあいだも、疲れてぐったりしたときにも、わたしには金貨のふれあう音が聞こえ、目の前に黄金が見えて、ダイヤモンドの輝きに目がくらみそうだった。だが、ある晩、切れ味のにぶったわが鉄片が木の板にぶち当たったんだ。わたしは剣の先をとがらせて、この板に穴をあけた。この作業をするために腹ばいになってヘビのように進み、裸になってモグラさながらの仕事を続けたんだ――石で体を支え両手をぐっと前に伸ばしたりし

17　リド島のそばの小島サン＝ラザーロに実在する。一八世紀になって、オスマン・トルコに追い出されたアルメニア人が住み着いて、修道院を開設した。

てね。判事たちの前に出頭する前々日、夜のあいだにわたしは最後の努力をした。するとついに板に穴があき、わが鉄片の先には、もはやなにもないではないか！　穴から覗いたときの、わたしの驚きが想像できるかい？　わたしは地下貯蔵庫の羽目板の裏側にいたわけだ。かすかな光で金貨の山が見えたんだよ。ヴェネツィアの総督《ドージェ》と十人委員会《ディエチ》[18]のひとりが、ちょうどこの小部屋に居合わせていて、彼らの話し声が聞こえた。その内容から、ここがヴェネツィア共和国の秘密の金庫で総督《ドージェ》の遺贈品や、海外遠征の利益から吸い上げた〈ヴェネツィア上納金〉と呼ばれる戦利品などが保管されていることがわかったんだ。こうして、わたしは助かったのだよ！　そして牢番がやってきたときに、脱走の手助けをしてくれ、持てるだけのものを持っていっしょに逃げようじゃないかと、話をもちかけたんだ。躊躇するような話ではないからね、牢番もすぐに承知したよ。おりしも一隻の船が地中海東部《ルヴァン》に向けて出帆するところだったから、あらかじめ十分に手を打って、共犯の牢番に指示してビアンカに手はずを整えてもらったのだ。人目についてもまずいので、われわれとビアンカとはスミルナ[19]で合流することにしたんだ。

一晩のうちに穴は大きく広げられて、われわれはヴェネツィアの秘密の財宝のただ中に降り立った。まったく、なんともすばらしい夜だったよ！　黄金のつまった大きな樽が四つも並んでいるんだから。手前の部屋には銀貨が二つの山をなして、そのあいだが通路になっていた。壁から斜めに積まれた銀貨の山ときたら、高さが五フィートもあった。牢番は気が狂ってしまうのではと思ったよ——歌いながら飛び上がり、大声で笑いながら金貨のなかを跳びはねるのだからね。だからわたしは、ぐずぐずしたり大声を立てたりしたら絞め殺してやるからな、と脅かしてやったさ。牢番の奴め、喜びすぎて舞い上がっちまって、ダイヤモンドが置いてあるテーブルにも気づかないんだ。わたしはそのテーブルに突進すると、水兵服の上着やズボンのポケットにダイヤモンドをたんまり詰めこんだよ。ああ！　それでも全体の三分の一も入らなかった。テーブルの下には金の延べ棒も置いてあった。相棒には運べるかぎりの袋に黄金を詰めるよう命じた。海外で盗みがばれないためには、黄金を持ち出すしかないのだからなと説得したのだ。〈真珠、宝石、ダイヤモンドは、すぐ足がつくからな〉とも付け

18　本来は、共和国を反逆罪から守るための組織だが、次第に実権を拡大した。必ずしも一〇人で構成されたわけではなく、総督も加わる。

19　トルコ西部、エーゲ海に面した大きな港町で、現在のイズミル。

加えたよ。それにしても、いくら欲張っても持ち出せた黄金は二千リーヴル［ここだけは重さの単位。「一リーヴルは五百グラム」だけだった。牢屋とゴンドラを六回も往復して運んだんだ。運河側の門を固める歩哨は、黄金一〇リーヴルであらかじめ買収してあった。ゴンドラをこぐ二人の船頭は、この作業が共和国の仕事だと信じこんでいたさ。

こうして、夜明けとともに出港して沖まで出たところで、前夜のことを思い起こしてみた。あのときの興奮をもう一度味わいながら、莫大な財宝の姿が目の前に浮かんできた。わたしの計算だと銀貨で三千万リーヴル、金貨で二千万リーヴル、ダイヤモンド、真珠、ルビーで数百万ぐらいは残してきたことになるから、そのショックで気も狂いそうだった。わたしは黄金への熱病に冒されていたんだ。やがてスミルナで下船すると、われわれはすぐにフランス行きの船に乗りこんだ。ところがいざ乗船というとき神さまはなんとも親切なことに、わが共犯者を厄介ばらいしてくださった。その瞬間は、この不慮の事故がどれほど重大な結果をもたらすのかなどまるで考えもせず、わたしは狂喜したよ。とにかく、われわれはすっかり神経が高ぶっていたので、おたがいに口もきかずに呆けたようになったままだったのだ。いつになれば、なんの憂いもなしに好き勝手に財宝を享受できるのかと、それだけを心待ちにしていた。だから共犯者のあいつがめまいを起こしたのだって、不思議でもなんでもない。神さまがわたしをどうやって罰したのかも、いまにわかるだろう。わたしはロンドンとアムステルダムでダイヤモンドの三分の二を売り払い、わが金の粉［前述の延べ棒のことか］を有価証券に変えたところで、ようやく安心した気持ちになれた。

それからの五年間はマドリードに身をひそめ、一七七〇年になるとスペイン人の名前でパリにやってきて、贅をつくした暮らしをしたわけさ。この間にビアンカは死んでしまった。こうして六百万リーヴルもの財産を手にして快楽のただなかにあったときに、わたしは突然、視力を奪われてしまったというわけだ。失明の原因が地下牢に閉じこめられていたことと、粉塵のなかで穴を掘る作業をしたことにあるのは疑いようもない。黄金を透視するというわが能力が必然的に視力の濫用をもたらし、わたしは盲目となるべく運命づけられていたとも考えられるのだがね。実はその頃、惚れた女がいて添いとげようとも思っていたんだ。彼女にはずっと隠してきた自分の本名を告げたよ。というのも彼女が権勢ある一族の生まれだったから、ひょっとするとルイ一五世が特別のはからいをしてくれるのではないかと、ひそかに期するところもあったのでな。デュ・バリー夫人[20]の友でもあったこの女に、全幅の信頼を寄せていたのだ。その彼女にロンドンの高名な眼科医に診てもらったらと勧められたから、一緒に行ってみたよ。ところがロンドンに数か月滞在した頃、彼女にハイド・パークで置き去りにされちまった。全財産を巻き上げられてしまって、わたしにはなんの手だても残されていなかったんだ。本名がばれるとヴェネツィア政府の復讐の手にかかってしまうから、なんとしても名前を隠し続ける必要があったんだ。だから結局は、だれの助けも乞うことができなかった。とにかく、ヴェネツィアがこわかった。そればかりか、あの女がはなったスパイにもつけこまれる羽目になっちまった。でも、ジル・ブラース[21]もどきの苦難の話で、いま君の耳をけがすのはやめにしておこう。

やがてお国の革命が勃発して、わたしはカンズ＝ヴァン盲人院に入るしかなかった。あの女はわたしを二年間、狂人としてビセートル病院[22]に入れたのち、今度は盲人院に入れたのだ。わたしは殺したくても、あの女を殺せなかった。目が見えないし、刺客を雇うにも先立つものがなかったからな。牢番のベネデット・カルピが死ぬ前に、地下牢がパラッツォのどのあたりにあるのかをきちんと聞いておけば、ヴェネツィア共和国がナポレオンの遠征で倒されたとき[23]にヴェネツィアに戻って、あの財宝のありかを突きとめられただろうに。でもな、ヴェネツィアに行こうじゃないか！　わたしは目が見えない。けれども牢獄の入口を見つけだして、壁の向こう側の黄金を透視してみせますぞ。水の底に沈んでいるなら、きっとそれを嗅ぎつけてみせますぞ。ヴェネツィアという強国は、波乱のうちに倒されてしまったのだから、きっとこの秘密の財宝も総督《ドージェ》であったビアンカの兄、ヴェンドラミーノと共に埋もれてしまったに相違ないのだ。そのヴェンドラミーノの仲介で、このわたしもやっと十人委員会と和解できるのではと望みを託していたのだがね。第一執政官ナポレオンにも覚書を送ったし、オーストリア皇帝にも取引を持ちかけたのだが、みんな、わたしを気ちがい扱いするだけで拒絶されてしまった。さあ、ヴェネツィアに向けて出発しよう！　乞食として

20　ルイ一五世の愛人で、最後はギロチンにかけられた。なお『デュ・バリー夫人秘話』は革命前のベストセラー。
21　『ジル・ブラース』は一八世紀前半に書かれた、ル・サージュ作のピカレスク・ロマンで、青年ジル・ブラースの波瀾万丈の物語。
22　パリ南郊にある。リシュリューにより創設され、一九世紀には、盲人・狂人などを収容。
23　一七九七年、フランスとオーストリアのカンポ・フォルミオ条約で、オーストリアに併合された。

出かけて、百万長者として帰還しようじゃないか。そしてわが財産を買い戻し、あんたが相続人になってヴァレーゼ公を名乗ればいいんだ」

想像の世界ではもはや一編の叙事詩のごときものにまでならんとしている、この打ち明け話を聞いて、わたしは呆然としてしまった。ヴェネツィアの運河の水さながらに淀んだ、バスチーユの濠の黒い水を前にして、白髪の老人の姿を眺めながら、返すことばがなかった。ファチーノ・カーネは、わたしの考えもどうせ他の連中と似たりよったりに決まっていると思いこんで、軽蔑のこもった憐れみをあらわにすると、すべてに絶望し諦めた人間のような身ぶりをした。この身の上話をしたことで、彼は昔のヴェネツィアでのしあわせな日々に連れ戻されたのだろう。クラリネットを手にし、ヴェネツィアの舟歌「バルカローラ」の一曲を憂愁をこめて演奏した。この舟歌のおかげで、彼にはかつて多感な貴族だったころの才能がふたたびよみがえった。それはいかにも「われら、バビロンの河のほとりにすわり」[24]といったものだった。わたしの目には、涙があふれた。街をぶらついていて帰宅が遅くなった人々が、このときたまたまブルドン大通りを通りかかったならば、彼らはふと立ち止まって、追放されたこの男の最後の祈りに聞きほれたにちがいない。名前も失った男のその哀惜の歌には、ビアンカの思い出が混じっていた。だが、やがて黄金の力が打ち勝って、致命的なこの情熱が青春のほのかな光を消してしまった。

「あの財宝が」と、彼はいった。「寝ても覚めても目の前にちらついてな。わたしはそのなかを行きつ戻りつするんだ。ダイヤモンドが煌めいているぞ。わたしは、あんたが思うほどに盲目じゃあないのだからな。黄金とダイヤモンドがわたしの夜を、最後のファチーノ・カーネの夜を照らしているんだ。ヴァレーズ公という肩書きは、メンミ家［これもヴェネツィアの名門］に移ってしまうのだからな。ああ、神さま！　人殺しに対する報いとはいえ、始まるのがあまりに早すぎます。聖母マリアよ……」

彼はなにやら祈りを唱えたのだが、わたしには聞き取れなかった。

「ヴェネツィアに行きましょう」わたしは立ち上がった彼にいった。

「ついに探し求めていた男を見つけたぞ！」彼は上気した顔で叫んだ。

わたしは手を貸して、彼を送っていった。盲人院の入口で、彼はわたしの手を強く

24　旧約、詩編一三七の冒頭で、「シオンをおもひいでて涙をながしぬ」と続く。異国にあるイスラエルの民の望郷の念を歌う。

握った。結婚式帰りの人々が、大声で叫びながらちょうど通りがかった。

「どうだい、あしたにでも出発しようか？」老人がいった。

「なにがしかの資金が準備できたら、すぐにでも」

「いやなに、歩いたって行けるさ。わたしは物乞いをするつもりだしな……なんてったって、丈夫なんだからな。黄金を目の前にしているかぎり、人間はな、いつまでも若いんだよ」

ファチーノ・カーネは二か月間苦しんだのち、その冬に死んだ。カタルの持病があったのである。

パリ、一八三六年三月[25]

25　この作品の初出は、「クロニック・ド・パリ」誌一八三六年三月一七日号である。その翌年、バルザックは実際にヴェネツィアを訪れることになる。

マダム・フィルミアーニ

わが親愛なるアレクサンドル・ド・ベルニー[1]へ

旧友、ド・バルザック

さまざまな場面が描かれ、数多くの偶然や巡り合わせが盛り込まれてドラマチックなものとなっている物語の多くには、それぞれ独特の技巧が施されている。したがって、それらは人によって巧みに語られたり、あるいはあっさりと語られたりするものの、主題の美しさはいささかも失われない。しかし人生のできごとのなかには、そこに人間の心というアクセントを付けることで初めて血がかようものも存在するのだ。また、そのできごとには解剖学的とでもいえそうな細かな事情が積み重なっていることも確かで、その場合は注意深く思いをめぐらせないと陰影が浮かび上がってはこない。たとえば魂をふき込まれ、生き生きした表情で描かれないかぎり、まったく価値のない肖像画もある。さらには不可解な調和といったものがないかぎり、どういえばいいのか、どうすればいいのか分からないものごとだって存在する。さまざまな世のタイミングや星座の運行、心の奥底の神秘的な力といったものが、そうした調和を支配しているのである。

　これからお話しする純朴なストーリーは、甘美な想像力にはぐくまれた、生まれつき夢見がちで、メランコリックな精神を持ち合わせている女性たちにこそ聞いていただきたい。そのためには、先ほど書いたような神秘的なできごとを明らかにすることが欠かせなかったのである。作家というものは、瀕死の友人につきそう外科医さながらに自分が描こうとする対象に確かな尊敬の念を感じているのだから、読者にも説明しがたいこの感情を共有してもらえるのではないだろうか？　われわれの周囲でくすんだ色を放つ、この得体のしれぬ痛みをともなうような悲しみを理解するのは、それほどむずかしいことなのだろうか？　これはなかば病気のようなものであり、そのけだるい苦痛は、時として心地よいものなのである。

　もしもあなたが、失ってしまった親しい人のことを思い出しているならば、あるいはあなたが孤独であるとか、日も暮れて夜になろうとしているなら、ぜひこれから始める物語を読んでいただきたい。そうでないなら、もうここでこの本を放り出してくれてかまわない。身体が不自由だったり、生涯不運につきまとわれた叔母さんを見取ったような経験がないと、この先に書かれていることは理解できないかもしれない。麝香《じゃこう》のにおいがしみついたようにつんと感じる人もいるかもしれないし、フロリアン[2]

の作品のごとく地味できまじめなものだと思う人もいるかもしれない。要するに、このお話の読者は、涙を流すという快楽を経験していることが必要なのである。親しい人がいつの間にか影のように消え去って遠い存在になってしまったことを、じっと黙ったまま思い返しては苦しんだ経験がなくてはいけないのだ。大地があなたから奪ってしまったものを懐かしむのと同時に、消え去った幸福に微笑みを浮かべる、そんな思い出を二つや三つは持っていなくてはいけないのである。

さて、いくら英国が豊かであるとはいっても、わたしはかの地の詩から嘘いつわりのひとつでもかすめとって、物語をおもしろく飾りたてるつもりなどないことをご承知願いたい。これからお話しするのは本当に起こった物語であり、読者にあっては、感受性という大切なものを惜しみなく使っていただきたい――むろん感受性を持ちあわせておられる場合の話ではあるが。

1　若き日のバルザックの恋人ベルニー夫人の遺児で、母親の遺志を継いで、バルザックに資金援助を続けた。

2　牧歌的な『寓話集』（一七九二年）や詩歌で知られる。

フランスという大家族には多種多様の人間がいるのと同じように、今日のフランス語はさまざまな固有表現《イディオム》を持ちあわせている。したがって「パリっ子」を構成する色々な人々が同じことがら、同じできごとを、違ったように解釈したり表現したりするのに耳をかたむけてみるのも、非常に興味深く、かつまた愉快なことなのである——なんといってもパリっ子は、固有表現《イディオム》の多様性について考えるのに格好の存在なのだから。

仮にあなたが、「実証主義者《ポジティフ》」という人種に属する相手に、「フィルミアーニ夫人を知ってますか？」と尋ねてみたとする。するとこの男、次のような事実を羅列して彼女のことを表現するだろう。

「バック通り［セーヌ左岸］にある大きな邸宅、みごとな調度品のそろったたくさんの客間、壁には名画の数々、優に一〇万リーヴルの年収、そして以前はモンテノッテ県[3]の管轄区で徴税請負人をしていた夫」

恰幅がよくて、ほとんどいつでも黒ずくめの「実証主義者」は、こう述べると満足げににやりと笑い、下くちびるを少しばかり突き出して上くちびるを覆うような表情をしてみせる。そして、まるで「堅実な連中ですよ、申し分ありません」とでも付け加えるように首を振る。彼には、もうこれ以上尋ねても仕方ない。「実証主義者」はすべてを数字で、年収で、彼らの用語によれば「陽の当たる財産」「屋敷や土地のこと」で説明するのだ。

では次に、「遊歩者《フラヌール》」に属する人間に同じ質問をしてみよう。するとこんな返事が戻ってくる。

「フィルミアーニ夫人だって？　もちろん知ってますとも。彼女が催すパーティに行きますからね。毎週、水曜日にあるんですよ。とてもりっぱなお屋敷ですよ」

いつのまにかフィルミアーニ夫人は家に変身してしまっているのであり、その家というのが、建築学的に石を積み重ねていったいわゆる普通の家のことではない。遊歩者の言語において家とは、翻訳不可能な独特のいいまわしなのである。

やせぎすの遊歩者は、楽しそうにほほえみながらむだ口をたたくと、生来の知性で

3　ナポレオン帝国の時代に、イタリアの現在のリグーリア州に作られた県で、サヴォーナが中心地。

はなしに後天的に獲得した知性を使って、あなたの耳元でいかにも利口そうにこういう。

「夫のフィルミアーニ氏には会ったことがないですね。彼の社会的な地位は、イタリアで所有地を管理していることで成り立ってますよね。でもフィルミアーニ夫人は生粋のフランス人ですし、パリの女性にふさわしいお金の使い方をしています。すばらしい茶会を主催してますよ。とても楽しくて絶品の飲み物や食べ物が出てくる、昨今ではめずらしいお屋敷です。もっとも、そのお宅に呼んでもらうのがとてもむずかしいわけですが。ですから、彼女のサロンには社交界でも最高の人々が集うということになります」

こういうと遊歩者は、いかにも勿体ぶってタバコをひとつまみつかみ、それを少しずつ嗅ぎながら「わたしは、そのお屋敷に行きますけど、あなたを紹介するということなら当てにしてもらっても困ります」とでもいいたげな様子を見せる。

遊歩者にとってフィルミアーニ夫人とは、看板のない宿屋とでもいった位置づけなのである。

「フィルミアーニ夫人の屋敷に、なにをしに行くつもりなのです？　彼女のパーティは王宮と同じで、退屈するだけでしょうが。詩がはやっているからといって、作りたてのつまらないバラッドを読んでいるようなサロンなどは避けなければ、せっかくの才能も宝の持ちぐされになってしまいますよ」

あなたは「自分本位《ペルソネル》」という人種に分類される友人に質問したのだ。「自分本位」というのは、世界を鍵のかかる場所にしまいこんで、自分たちの許可なしにはなにもさせないぞと思っている連中をいう。彼らは他人の幸福がおもしろくないのであり、悪徳、堕落、欠陥しか許さず、自分たちの傘下に入る者しか望まない。貴族的な性向を持ちながらも、自分たちと同じ人間を下等だと見なすのが好きなばかりに、あえて共和主義者のふりをしているのである。

「ああ、フィルミアーニ夫人ですね。いいですか、自然はまちがって不美人をたくさん創造してしまいましたが、一方で、すてきな女性たちも創造したことが、自然からすれば、そうしたまちがいへの弁解となってくれるわけで、彼女はまさにそのひとりなんですよ。うっとりするような女性でしてね、すばらしいですよ、まったく！　わたしが権力を握り、王となり、巨万の富を所有したいと思うのは、＊＊＊（と、ここで一つの単語が耳打ちされる）のためだけなのですよ。ええっ、あなたも紹介してほしいのですか」

この若者は「リセの生徒」という人種で、男同士でいるときはすごく大胆なふうを装っているが、女性と部屋で二人きりになったときはとても内気になることで知られている。

「フィルミアーニ夫人だって？」と、次の人はステッキをくるくる回しながら叫ぶ。「ぼくが思っていることを申し上げましょうか。年の頃は三〇歳から三五歳、ややくたびれた顔つきに美しい瞳、背丈は小柄でハスキーなアルトの声、厚化粧だけれどルージュは少しだけ、チャーミングな物腰といったところかな。要するにだね、往年の美女という感じで、まだまだ情熱を燃やす価値がある女でしてね」

これは「気どり屋《ファット》」という人種のせりふで、この男、朝食を終えたところで自分のことばをきちんと吟味もせず、すぐにも馬に乗って出かけるところだ。昨今の「気どり屋《ファット》」たちは、まったく思いやりがない。

かと思えば、こんな答えだって返ってくる。「彼女は、いってみれば、すばらしい名画の陳列室なんだ。見に行きなさいよ！ あれほどの美しさには、お目にかかれませんからね」

これは「愛好家《アマトゥール》」という人種のことばだ。この男はあなたと別れると、ペリニョンのところかトリペの店[4]に行くに決まっている。彼にとってフィルミアーニ夫人とは、油絵のコレクションなのだ。

ひとりの女「フィルミアーニ夫人ですって？ 彼女のところには行ってほしくないですわ」

このせりふほど、意味深長で翻訳しがいのあるものもない。「フィルミアーニ夫

---

4 ペリニョンは肖像画・室内画で鳴らした画家で、ルーヴル美術館監査役。トリペは画商であるらしいが詳細は不明。

人！ 危険な女よ！ 魔性の女じゃない！」というのだ。すてきな衣装に身を包み、趣味もよくて、世のあらゆる女たちを不眠症にしかねない女だというのだ。これは「うるさ型《トラカシエ》」に属する女性の反応である。

某大使館員「フィルミアーニ夫人だって！ たしか彼女はアントウェルペン（アントワープ）出身でしたよね？ 一〇年前に会いましたが、すごく綺麗だった。その頃はローマにいましたがね」

「大使館員《アタッシェ》」という階級に属する連中は、タレーラン流のものいいをする癖がある。彼らの精神は繊細すぎて、その目のつけどころが感じとれなかったりする。並はずれたテクニックでビリヤードの球と球が当たらないようにしてみせる、ビリヤードプレイヤーのようだ。彼らは一般にあまりおしゃべりではなく、そのうえ、いざ話し出すと、スペインやウィーン、イタリアやペテルスブルクのことばかりを話題にする。彼らにとって、そうした地名は目覚まし時計のようなものなのだ。常にネジを巻いてやるがいい。それさえやっておけばベルが力いっぱい鳴って彼らの本領が発揮されるだろうから。

「フィルミアーニ夫人は、フォーブール・サン＝ジェルマン[6]によく出かけてませんか？」

これは「上流人士《ディスタンゲ》」の仲間入りをしたいと願っている女性の反応だ。彼女はだれにでも貴族の称号ド（de）をつけたがる――デュパン兄[7]にも、ラファイエット氏[8]にも。とにかく口からでまかせにdeをつけては、逆に人々の名誉を汚している。なにが「いいもの」なのか気にしながら人生を送っているものの、自分がマレー地区に住ん

5　タレーラン（一七五四～一八三八年）は名門生まれの外交官・政治家で、世俗的な快楽への執着でも名高い。画家ドラクロワの実父だといわれる。

6　セーヌ左岸で、一八世紀から一九世紀に高級化した界隈。

7　自由派の弁護士・代議士で、一八三二年に議長となる。

8　百戦錬磨の政治家で、一八三〇年の「七月王政」の成立を後押ししたが、やがて離反する。爵位は侯爵。

でいることで悔しい思いをしている。[9] 彼女の夫は、最終審の弁護士をしている。

「フィルミアーニ夫人だって？　知りませんね」

これは「公爵《デュック》」に属する男の返事。彼は、しかるべき場で紹介された女性しか認めないのだ。まあ、許してやってください——ナポレオンに公爵にしてもらった男なのだから。

「フィルミアーニ夫人だって？　以前〈イタリア座〉[10]に出ていた歌手じゃないか？」

これは「巣ごもり族」の返事。このグループに属する連中は、どんな質問にも答えたがる。何も答えないでいるくらいなら、けちをつけてでも答えたがるのだ。

次は、お年をめされた二人の貴婦人——元司法官の妻たち——の会話。

第一の女性（丸い飾りのついた帽子をかぶっている。顔にはしわが寄り、鼻はとんがり、祈禱書かなんかを手にしている。耳ざわりな声で）「このフィルミアーニ夫人とやら、旧姓はなんておっしゃるのかしら？」

第二の女性（熟したリンゴみたいな赤い小顔。優しい声で）「カディニャンですのよ、あなた。カディニャン公の姪っ子ですの。てことはつまり、モーフリニューズ公爵[11]のいとこになりますわね」

フィルミアーニ夫人は、あのカディニャン一族の女性なのだ。美徳や、財産や、若さを失ってもなおカディニャン家の人間なのである。カディニャン家の女性ということは、とにかく常に裕福で、生き生きとしているという先入観で見られることにほか

9　一七世紀には、宮廷人や貴族が競って大邸宅を建てたマレー地区だが、もはや、フォーブール・サン＝ジェルマン地区ほどの高級感がないのである。
10　現在のオペラ＝コミック座（ファヴァール劇場）のこと。イタリア・オペラやオペレッタを上演。
11　『カディニャン公妃の秘密』『ラブイユーズ』などに登場。妻のディーヌは、『骨董室』『娼婦の栄光と悲劇』『暗黒事件』などに登場する、バルザックの作品群《人間喜劇》の主役の一人。

ならない。

風変わりな男《オリジナル》「彼女の屋敷にある控えの間では、オーバーシューズを見たことがないですね。[12]ですから、そこに出かけていっても評判を落とすこともありませんし、安心して遊べますよ。道楽者がいたって、まあ貴族連中ですからね。けんかになど、なりはしませんよ」

観察者《オブセルヴァトゥール》という人種に属する男「フィルミアーニ夫人のお宅に行ってごらんになることです。暖炉のわきに、ひとりの美女がくつろいだ感じで座ってますからな。彼女が肘掛け椅子から立ち上がることがあるとしたら、そりゃあ貴婦人がたや、大使、公爵、各界の名士がおいでになったときの話ですよ。とても優雅で人々を魅了し、会話も上手だし、どんな話題でもついていこうとするのです。彼女のなかには情熱的な恋をしている徴候が見てとれますが、彼女の崇拝者が多すぎるせいでなかなか本命がしぼりきれないのです。候補の男が二、三人というのなら、お目当ての騎士がだれなのかわかると思いますがね。とにかく謎だらけの女でして、結婚はしているものの、彼女の亭主をわれわれも見たことがないのですよ。フィルミアーニ氏というのはまったく幻の人物でして、さしずめ、ちゃんと割増料金も払っているのに、客からは全然姿が見えない駅馬車の第三の馬[13]みたいなものでしょうか。歌手たちの話によりますとね、彼女はヨーロッパでも第一級のアルト歌手だったといいます。しかしパリに来てからは、全部合わせても三回も歌っていないとのことです。来客はたくさんあっても、自分は他人の屋敷にはぜったいに行かないらしいですよ」

「観察者」は、いわば予言者として話しているのだ。だが彼のことば、逸話、引用は真実だと受け取らなくてはいけない——さもないと、教養も金もない人間だと思われ

12　悪天候や道がぬかるんでいるときにオーバーシューズを履いた。つまり訪問者は、みな馬車で来る金持ちだということ。
13　ふだんは二頭引きでも、難所などでは三頭で引かせて、割増料金を徴収していた。

るのが落ちだ。そのうえこの「観察者」は、あちこちのサロンであなたのことを中傷することになる。そうしたサロンでは、いわばポスターに載っている最初の演目を演ずる役目として彼のような存在が必要不可欠なのだ。この手の演目は、今ではあまり人気がなく客席ががらがらということもしばしばあるものの、これでもかつては当たりをとったネタなのだ。この「観察者」は四〇歳、自宅で夕食をとったことは一度もなく、女性にとって危険な存在ではないと自称している。髪粉《かみこ》[14]をふって、栗色の燕尾服を着こみ、オペラ劇場の桟敷席をいつでも複数押さえてある。ときおり「寄食者《パラジット》族」にまちがえられるけれど、大変な重職をいくつも歴任してきたのであり、食客かと疑われるなんてとんでもない話なのだ。それに、本人は絶対に場所を口には出さないものの、どこかに土地だって持っているのだ。

「フィルミアーニ夫人だって？　そりゃあ、あのミュラ[15]の昔の愛人さ」

これは「反論人種《コントラディクトゥール》」から返ってきたことば。あらゆる「論文」に「正誤表」をつけたがり、あらゆる事実を訂正しては自信満々に、絶対にまちがいない、賭けてもいいぞという人々である。もし彼らの話がすべて正しければ、同じ晩に、あちこちどこにでも出没していることになるから、連中を同時多発の現行犯で捕まえることができる。連中ときたら、三〇分前には「わたしはロシアでベレジナ川を渡りまして[16]」などと話したばかりなのに、それをけろっと忘れて「実はマレ将軍のクーデターのとき[17]に、パリで逮捕されましてね」とのたまったりする。この「反論人種《コントラディクトゥール》」のほとんどはレジオン・ドヌール勲章[18]の佩用者《はいようしゃ》で、かん高い声でしゃべり、はげ上がった額をしていて、ばくちでは大きい勝負に出る。

14　カツラの表面にポマードを塗って、上からふりかける小麦粉で真っ白にした。匂い消しの効果もあった。

15　ジョアシャン・ミュラ（一七六七〜一八一五年）。ナポレオンの義弟で、各地に進軍、一八〇八年にはナポリ王に即位。

16　モスクワを撤退したナポレオン軍は、一八一二年一一月二九日に、現在のベラルーシ共和国を流れるこの川の渡河を決行するも、壊滅的な打撃を受けた。

17　共和主義者で、一八一二年一〇月下旬にパリで政権転覆を企てるも、露見して逮捕された。

18　一八〇二年にナポレオンが設けた勲章で、平時・戦時における、軍人や民間人の功績を表彰する。

「フィルミアーニ夫人に一〇万リーヴルの資産収入があるって？　あなたは気でもちがったのでは？　もちろん、話を勝手に作りあげてしまう人なら、気前よく一〇万リーヴルの年金をもらっている人だぞと話すでしょうよ——ヒロインに高額な持参金を持たせてやったって、話の作り手のふところがいたむわけじゃないですからね。でもフィルミアーニ夫人という色じかけの女《コケット》は、最近ひとりの若者を破産させてしまったんですよ。おかげでその男は、華々しい結婚ができなくなってしまったんです。もしも美人でなければ、彼女だって一文無しになってるでしょうに」

　このせりふは、あなたにもおわかりのように「羨ましがり屋《エンヴィウ》」という人種のものだ。その特徴などは、ここではいささかも描くつもりはない。この人種は、家ネコと同様によく知られているのだから。それにしても、どうしていつまでも羨ましがったりやっかんだりするのだろう？　なんの得にもならない悪徳であるのに！

　これ以外にも、社交界人士、文学者、貴顕《きけん》紳士など、あらゆる種類の人間が、一八二四年一月にフィルミアーニ夫人に関するさまざまな見解を広めたのであったが、ここにそのすべてを書き記しても退屈なだけであろう。ここで確認したかったのは、彼女のことを知りたいと思ってもその屋敷にまで行きたいとは思わないし、また実際、行けもしないような人が、フィルミアーニ夫人のことを寡婦だと思っても、いや結婚していると信じても、あるいは愚かだとか、いや知的だとか、はたまた貞節だ、いやふしだらだ、金持ちだ、いや貧乏だ、優しい、いや冷たい、美人だ、いや不美人だと、どちらを信じようとも当然だということである。つまり社会にいくつも階級があり、キリスト教にさまざまな宗派があるように、何人ものフィルミアーニ夫人が存在したのだ。これはなんともおそろしい考えではないか！　われわれはだれもが石版画《リトグラフィー》の原版のごとき存在にほかならず、その無数の複製が悪口によって刷られていくのだ。できあがった版画は、あまりに微妙でとても感知できないような濃淡の具合によって、モデルに似ていることもあれば異なっていたりもする。要するに、友人たちの誹謗中傷や新聞の気のきいたせりふを別にすれば、評判などというものは、ちぐはぐな「真実」と、パリっ子気質があおり立てる「虚偽」とのあいだで、各人がどう折り合いをつけるかにかかっているのである。

フィルミアーニ夫人は、自分の心の聖域だけに閉じこもっており、世間を相手にしないような気位とプライドだけで生きている多くの女性たちと同じように、ド・ブルボンヌ氏[19]からは、あまり良く思われていなかったかもしれない。この年輩の大地主が、その年の冬のあいだたえず彼女のことが気がかりだったのには理由がある。ド・ブルボンヌ氏は、はからずも、「地方の大農場主《プラントゥール》」という階級に属していたが、この連中はなにごとにもよく気づくし、農民との取引にも慣れている。兵士がいつのまにか思考や行動が習慣となって身についてしまうのにも似て、こうした仕事だと知らず知らずに洞察力がついてくるものなのだ。このりっぱな紳士は甥っ子をただひとりの相続人として、彼のためにせっせとポプラの木を植えていたのだけれど、うわさが気になり、わざわざトゥーレーヌ地方から上京したのだった。しかしながら、パリっ子たちの話しぶりにはどうも満足できずにいた。甥っ子への愛情表現をあまりにも素直に表現しすぎたため、周囲からさまざまな悪口雑言を招くこととなり、トゥーレーヌ地方のいろいろな種族の人間からも皮肉たっぷりに陰口をたたかれていた。とはいえ、そうした悪口をいちいち報告してもむだであろう――パリ流の悪口の前では、そんな田舎の悪口など色あせてしまうに決まっている。ひとりの人間が、みごとなポプラ並木が日ごとに美しくなっていくのを眺めながら、満ち足りた気持ちで自分の相続人のことを思うようになると、その愛情は木々の根元に鍬入れをするたびに、いや増すものなのである。こうした感受性の現れ方は、むろんどこでも見られるものではないけれども、このトゥーレーヌ地方ではいまだに見受けられるのである。

このかわいい甥っ子の名前はオクターヴ・ド・カンといった。愛書家や知識人にはおなじみの、ド・カン神父[20]という著名人の末裔であるから、これだけでずいぶん印象がちがってくる。田舎の人々には、相続資産を売却するような若者に対して控えめながら非難を浴びせるという悪い癖がある。こうした時代遅れの偏見のせいで、現在の政府が奨励している国債などの投機的売買も妨げられている。ところがオクターヴは、伯父に相談することなく、にわかに自分の土地を買い占め業者[21]に渡して処分してし

19 『トゥールの司祭』にも登場する。
20 フランソワ・ド・カン（一六四三～一七二三年）は、アルビの大司教で愛書家。

まったのである。年老いた伯父がそうした転売業者の代表者に収拾案をもちかけなかったならば、ヴィレーヌの城館は取り壊されてしまったにちがいない。

財産はわずかなくせに、実に抜け目がなく用心深い地元の人たちからは「あいつとだけは訴訟沙汰になりたくないものだ」と評されている又いとこが、オクターヴには何人かいた。そうした遠縁のひとりでオクターヴと付き合いのある男が、たまたまド・ブルボンヌ氏のところを訪れ、何かのついでのように甥っ子が破産したことを教えたものだから、ド・ブルボンヌ氏の怒りはさらに大きくなった。――オクターヴ・ド・カン氏は、フィルミアーニ夫人とかいう女性のために湯水のように金を使ったあげく、生活のため数学の家庭教師にまで落ちぶれてしまいまして、ひたすら伯父の資産が転がりこむのを待っているのです。ですから肝心の伯父さんには、自分のしたあやまちを打ち明けに来もしないのですよ、というのだった。

この遠縁のいとこはカール・ムーア[22]のような男であって、ド・ブルボンヌ老人が大きな暖炉の前で田舎流のたっぷりした食事の後の時間をすごしている最中に、こともなげにこの致命的な報せをもたらしたのである。とはいえ、相続人たちが思うほど簡単には伯父を打ちのめすことはできないものなのだ。伯父は持ち前の頑固さでこの話を信じようとはせず、甥っ子の生きざまが引き起こした消化不良にも負けはしなかった。もちろん、胸を締めつけられたり、頭が痛くなったりはしたものの、遠縁のいとこがもたらした打撃はすとんと腹のなかに落ちていって、あまり影響を及ぼさなかったのだ。なにしろ、この老人はとても丈夫な胃腸をしていたのである。聖トマスの真の弟子[23]としては、聞かされた話をどうしても信じることができず、オクターヴに内緒でパリにやってくると、自分の相続人の破産に関する情報を収集した。この老紳士は、リストメール家、ルノンクール家、ヴァンドネス家［いずれも《人間喜劇》で重要な役割を演じる貴族］を通じて、フォーブール・サン＝ジェルマンには顔がきいたから、フィルミアーニ夫人に関する悪口や、あることないことをたくさん聞かされた。そこ

21　原文はla bande noireで、王政復古の時代に暗躍し、各地の古い城館などを安く買い取って、再処分した業者のこと。多くの歴史的建造物が、こうして失われた。
22　ドイツの劇作家シラーの『群盗』の主人公。主人公の青年カールは、世の中の偽善に反抗して、義賊となる。
23　使徒トマスの別名は「懐疑の人」。自分の目で見るまで、イエスの復活を信じなかった。cf.「ヨハネによる福音書」二〇・二五―二九。

で自分の土地の名をとってド・ルークセレという名をかたり、フィルミアーニ夫人に紹介してもらおうと決心した。念には念を入れて、オクターヴの恋人とやらを調査する日として、甥っ子が支払った大きな犠牲の最後の仕上げである家庭教師のアルバイトで忙しいことが分かっている、その日の晩のパーティを選んだのだ。というのも、いかなる事情なのかだれにも説明はつかないものの、オクターヴはいまでも彼女の屋敷に招かれていたからだ。オクターヴの破産は、残念ながら作り話ではないとやがてわかった。

ド・ルークセレ氏は、ジムナーズ劇場[24]で演じられる伯父さん役とは似ても似つかなかった。元近衛騎兵で、その昔は大いに浮き名を流した上流社会の人間であり、礼儀正しい印象を与えるすべを心得てもいる。かつて身につけた洗練された作法をしっかりと覚えていて、気のきいたせりふを口にし、「憲章[25]」もほぼすべて理解していた。気高いばかりの率直さでブルボン家を愛し、貴族として神を信じ、《ラ・コティディエンヌ》紙［過激王党派］しか読まなかったとはいえ、彼の地元の自由主義者が願うほどには愚かな人間ではなかった。《エジプトのモーセ[26]》の話題とか、芝居、ロマン派、地方色、鉄道といった話をもちかけないかぎりは、宮廷人のかたわらでそれなりの座を占めることができた。というのも彼のできる話題は、ヴォルテール氏、ビュフォン伯爵［『博物誌』で有名］、ペロネ氏[27]、王妃が寵愛した音楽家グルック[28]あたりにとどまっていたからだ。

フィルミアーニ夫人の屋敷に入っていくときに、ド・ブルボンヌ氏は、腕を貸していたリストメール侯爵夫人[29]にこういった。

「彼女が愛人だとしたら、わが甥っ子もまったく哀れなものです。あいつが屋根裏部屋に住んでいるのを知りながら、どうしてまた、こんなに豪勢な暮らしができるのですかな？　思いやりがないのでしょうかね？　オクターヴもばかな奴ですよ、ヴィレー

24　軽演劇で知られた。グラン・ブールヴァールに現存。「伯父さん役」は、どこか勤め人のようなイメージ。
25　一八一四年、ルイ一八世が発布した欽定憲法で、立憲王制の基礎となった。
26　ロッシーニ作のオペラで、パリでの初演は一八二二年。バルザックは音楽小説『マッシミッラ・ドーニ』でこの作品を取り上げている。
27　過激王党派の政治家で、法務大臣・内務大臣などを歴任。
28　一八世紀ドイツのオペラ作曲家で、パリでも活躍。
29　旧姓ヴァンドネス。『谷間の百合』などに登場するシャルルとフェリックス兄弟の姉。

ヌの土地という価値ある資産を、よりによってこんな女の心に投資するなんて……」

ド・ブルボンヌ氏は「化石《フォッシル》」人種に属していたのであり、古臭い言葉遣いしか知らなかった。

「でも、もしも甥御さんが賭け事ですってしまったとしたら？」

「いや、奥さま。その場合には、少なくともギャンブルという快楽を味わえたでしょうに」

「では、あなたは、ここでは彼が快楽も得られなかったと思っていらっしゃるのかしら？　あら、フィルミアーニ夫人ですわ」

甥っ子の愛人とやらの姿を見たとたん、この年老いた伯父の輝かしい思い出の数々も、たちまちにして色あせてしまった。彼の怒りも、フィルミアーニ夫人を目の当たりにすると、思わずもれた丁重な感嘆のことばのうちに消えてしまった。美女にだけ訪れる幸運のおかげで、彼女は今まさに、その美しさがとりわけ鮮やかに光り輝く瞬間にあった――それは、たぶんロウソクのほの明かりのせいであったろうし、シンプルでありながらみごとな装いとか、彼女を取り巻く環境のなんともいえぬ優雅さのおかげであったのかもしれない。ひとりの女性の顔に生彩を与え、その表情を変化させるごくわずかなニュアンスを感知するには、パリのサロンでの一夜が与える微妙な影響をあらかじめしっかり学んでおかなければいけない。自分の美しい装いにすっかり満足し、また自分が才気にあふれていると感じ、人々に称賛され、自分にほほえみかける著名人があふれかえるなかで、自分こそがサロンの女王だと実感して幸福を感じるような瞬間があるのだ。そのときパリの女性は、みずからの美しさや魅力を意識することになる。パリの女はこうして、自分に向けられ、自分に生命を与えるあらゆる眼差しによって美しくなるのだ。いっぽう彼女は、最愛の人にそっと視線を送ることで、口に出すことなく、そのような敬意を伝えるのだ。この瞬間、ひとりの女性は、まるで超自然の能力でも与えられたかのような魔術師となる。いつのまにか男の気を引く存在となっているのだ。

この魔術師は知らず知らず胸がいっぱいになるような愛を男に呼び起こし、その微笑みや眼差しは蠱惑的《こわくてき》になっていく。魂の奥底からやってきたこの輝きは、不美人さえも魅力的にしてしまうのであるから、ましてや生まれつき優雅にして気品ある容姿の持ち主で、色白で溌剌としていて、生き生きした眼差しの、そしてとりわけ芸術家や手ごわい恋がたきでさえ文句のつけようがない服装をしている女性の場合、こうした輝きはさらなる華麗さを帯びていくに違いない。

耳に心地よく響く声がその言葉をつつみこんで、魅力がじんわりと広がっていく――そんな感じの女性と出会う幸運に、あなたは恵まれたことがあるだろうか？ 話すべき場面と黙っている場面をしっかりとわきまえて、あなたのことをやさしく気づかい、適確な表現や端正なことばづかいで接してくれる女性。からかわれても、むしろそれが心地よく、批判されても少しも傷つくことがないような女性にである。彼女はまくし立てたり言い争ったりすることはないものの、好んで議論をくり広げ、しかも、ほどよいところでそれを打ち切ってくれる。いつもにこにこと愛想がよく、その礼儀正しさもごく自然であり、甲斐甲斐しいとはいえ、そこには卑屈なところがいささかもない。敬意なるものを優しく控えめな表現で示してくれるのだ。あなたを疲れさせることがなく、彼女自身のことでもあなたのことでも、なんであれ満足させてくれる。彼女の周囲には気品が漂っていることが見てとれるにちがいない。彼女に関するすべてが目に心地よく、彼女といると、まるで生まれ故郷にでもいるようにゆったりした気分になれる。きわめて自然体の女性なのだ。努力のあとを見せず、なにもひけらかさずに感情を素直に表現する――なぜならばそこには真実しかないのだから。

じつに率直で相手の自尊心を少しも傷つけることがない。人々のありのままをそっくり受け入れ、堕落した人間に同情し、その欠点や愚かさを許して、あらゆる年齢の人々を理解し、なにごとにも苛立つことがない――なぜなら彼女はすべてを予測してしまう勘のよさをもっているのだから。心優しくて陽気な彼女は、慰めてくれるより、まず親身になってくれる。まわりの人間は彼女をとても愛おしく思い、この天使があやまちをおかしてもすぐに弁護してやりたい気持ちになるにちがいない。そう感じられたなら、あなたはフィルミアーニ夫人を理解したことになるのだ。

フィルミアーニ夫人のそばに座ってしばらくのあいだ話を交わしたド・ブルボンヌ老人は、すでに甥っ子の罪を許していた。真実がどうであれ、オクターヴとフィルミアーニ夫人の関係には、なにかしら秘密が隠されていることを悟ったのだ。老貴族は自分の青春時代をいろどった幻想の数々を思い起こし、またフィルミアーニ夫人の美しさから判断して、見かけにたがわずこれほどの品位に満ちている女性に悪事が可能なはずはないと確信した。その黒い瞳は心の落ち着きを物語っていたし、顔の輪郭は気高さを表わし、そのたたずまいは清らかであった。老人は、倫理にもとるような情熱が彼女を押しつぶすような気配もほとんどなかった。老人は、このなんとも愛らしい表情のうちにたしかな愛と高潔さを見いだしながら、「わが甥っ子は、なにかへまでもおかしたのだろうか?」と思った。

フィルミアーニ夫人は、二五歳だと称していた。しかしながら「実証主義者《ポジティフ》」たちは、一八一三年に一六歳で結婚したというならば、一八二五年には二八歳になっているはずだと証明した。だがその彼らも彼女がこれまでの人生で今ほど魅力的で、完璧なまでに女であったことはないと断言したのだ。彼女には子供はなかったし、それまで授かったこともなかった。一八一三年には四〇歳を超えており、かなりの年輩であったフィルミアーニ氏が彼女に捧げることができたのは、その名前と財産だけだったと人はうわさしていた。パリの女であれば、恋愛感情をもっともよく理解し、時間が許すかぎり無邪気に恋をしたいと願うような年齢に、フィルミアーニ夫人は達していたのである。彼女は、世間で売られているもの、貸しているもの、あるいは与えられるものを、すでにことごとく手に入れていた。「大使館員《アタッシェ》」の人種は、彼女はすべてを知りつくしていると主張したし、「反論人種《コントラディクトゥール》」たちは、いや、まだまだ学ぶべきことがたくさんあると言い張った。また「観察者《オプセルヴァトゥール》」たちは、彼女の白い手とかわいらしい足、身をくねらせるような動きに言及した。しかしどの人種も、彼女の心をつかんだオクターヴの幸福を羨ましがり、あるいはこれに異議を唱えたのであった。フィルミアーニ夫人が、パリ社交界のうちでもっとも上品な美しさを備えた女性であることを認めていたからである。彼女はまだ若く金持ちで、完璧な音楽家であり、才気煥発にして細やかな心づかいの持ち主であった。そして母方がカディニャン一族であるという縁から、高貴なるフォーブール・サン＝ジェルマンの神託所ともいえる、ブラモン＝ショーヴリ老公妃[30]の屋敷にも招かれる存在であり、従姉のモーフリニューズ公爵夫人、デスパール侯爵夫人[31]、マキュメール男爵夫人[32]といったライバルたちにも好感をもたれている。このように、彼女を知る人間はあらゆる虚栄心をくすぐられるのであり、それがまた愛を勢いづけ、刺激するのだ。あまりに多くの人間が彼女を求めるために、それがパリっ子の悪口や、むしろほれぼれとするほどの誹謗中傷の的となっていた。そういう言葉が扇の陰でこっそりと、エスプリを十分にまじえて語られるのだった。したがって、この物語の初めに提示したさまざまな考えは、本当のフィ

30　デスパール侯爵夫人の母で、ランジェ侯爵夫人の叔母。
31　『禁治産』『幻滅』などに登場。
32　『二人の若妻の手記』などに登場。

ルミアーニ夫人と社交界におけるフィルミアーニ夫人とを対置させるためにも必要なものであった。彼女の幸福を大らかに受け入れる女たちがいる一方で、彼女の品位の高さに対して容赦しない女たちもいたのだ。とりわけパリにおいては、根も葉もない噂ほどおそろしいものはないのである——なぜならそれを払拭するのは不可能なのだから。

このように、実に自然体である彼女をスケッチしてみても、漠然としたイメージしか伝えることができそうにない。あのプライドにみちた額や豊かな髪の毛、きりりとした眼差しを、そしてまたさまざまな表情の中に見えるすべての思考を表現するには、アングル[33]の絵筆を必要とするのではないだろうか。この女性のうちにはすべてが存在したのだ。詩人ならばそこに、ジャンヌ・ダルクとアニェス・ソレル〔一五世紀、国王シャルル七世の寵姫〕を同時に見いだすことができた。またそこには、神秘的な女を、仮面の下に隠された魂とイヴの魂を、悪の財産と善の宝物を、あやまちと忍従を、罪と献身を、バイロン卿[34]の叙事詩『ドン・ジュアン』のドンナ・ジュリアとハイデという二人のヒロインをも見いだせたのである。

元近衛騎兵たる伯父は、不作法を承知でフィルミアーニ夫人のサロンに最後まで居残っていた。殺さなければ厄介ばらいできないハエのようなしつこさで、彼が静かにソファに座り、じっくり腰をすえているのに夫人も気がついていた。時計はすでに夜中の二時を示していた。

もう帰るべき時刻であることを彼にわかってほしくて、フィルミアーニ夫人がさっと立ち上がると、年老いた貴族は「奥さま、わたしはオクターヴ・ド・カンの伯父でありますか」といった。

フィルミアーニ夫人はあわてて座りなおしたものの、心の動揺は隠しきれなかった。ポプラ並木を植えている老人はその洞察力にもかかわらず、彼女が顔面蒼白になったり赤面したりしているのがはたして恥ずかしさからなのか、それとも喜びからなのか察しがつかなかった。だが、少しおびえたような羞恥心をともなう喜びが、彼女の表情からうかがえるのだ。それは清らかな心の持ち主であるなら、覆い隠したいと思う

33　フランスの画家（一七八〇〜一八六七年）。ダヴィッドに学ぶ。代表作は「奴隷のいるオダリスク」「トルコ風呂」など。

34　ドンナ・ジュリアは、ドン・ジュアンへの愛を告白する人妻。ハイデは海賊の娘で、難破したドン・ジュアンを助ける。

ような甘美な胸のときめきであるにちがいない。女性とは、デリケートであればあるほど、その魂の喜びを隠したがるものなのだ。その気まぐれさからは想像もつかないけれど、多くの女性は自分がなんとしても心の奥底に秘めておきたいと思うような名前でも、その名をみんなが口にするのを聞いてみたいと願っているのである。とはいえド・ブルボンヌ老人は、フィルミアーニ夫人の動揺については、完全にそのように解釈したのではなかった。だが、彼を許してやってほしい——田舎の人間は疑い深いのだから。

「そうでしたか」とフィルミアーニ夫人は、澄んだ視線をきりりと投げかけながらいった。それは、問いかけられているものが多すぎて、われわれ男性がそこになにをも見てとることができないような視線だった。

「そうなのです、マダム」と貴族がいった。「片田舎におります、このわたしめのところに、どのような話が伝わってきたかご存じでしょうか？　わたしの甥はあなたのせいで破産してしまい、不幸にも屋根裏部屋住まいだというのに、あなたときたら、黄金や綺羅《きら》に飾られてここで暮らしているというではありませんか。田舎者の率直なものいいを許してください。どのような陰口がたたかれているのか知るのは、あなたにも大いに役立つのではないでしょうか……」

「おやめください」フィルミアーニ夫人は、命令するような仕草でド・ブルボンヌ老人をさえぎるといった。「すべて存じております。お帰りいただこうとしたときまで、このお話を残しておくなんて、ご丁寧にもほどがございますわ。あなたはとても思いやりのある殿方《ギャラン》ですから」彼女は古い意味あいを込めて、やや皮肉っぽい調子でこう述べた。「わたくしに質問する権利などないことは、十分におわかりだと思います。わたくしにしましても、申し開きをするなど、ばからしくて。わたくしの性格をきちんと認めてくださって、このわたくしが金銭に対してどれほど深い侮蔑の念を抱いているのかを、信じてくださるとよろしいのですが。たしかに、無一文の身で莫大な財産の持ち主と結婚したのですけれどね。わたくしは、あなたの甥御さんが金持ちなのか、貧乏なのかは存じません。彼を受け入れるとしたら、現に受け入れているのですが、それはわたくしの友人に加わるのにふさわしい方と見ているからにほかなりません。わたくしのお友だちは、みなさま、おたがいに敬意を抱いております。ですから、敬意を払えないような人を屋敷に招くという考えなど、わたくしが持っているはずがないことを知っているのです。ひょっとすると、慈悲の心が欠如しているのかもしれません。でも、わが守護天使は今日まで、余計なおしゃべりやら不誠実さを蛇蝎《だかつ》のごとく嫌う人間でいられるように、わたくしを支えてくださっているのです」

このような返答も、たしかに最初のうちは声がやや上ずっていたが、その最後のことばは「人間嫌い《ミザントロープ》」〔モリエール『人間嫌い』の主役アルセスト〕をからかうセリメーヌ〔アルセストが恋する未亡人〕のような冷静さでもってしめくくった。

「奥さま」と伯爵がうわずった声でいう。「わたしは老人でございます。オクターヴにとっては父親のような存在です。そこで勝手ながら、あなたにひとつだけうかがいたいことがございまして、あらかじめお許しを乞うた次第なのです。あなたのお返事が、そこまでならば、誠実な貴族として誓って申しあげたいことがございます」

こういうと彼は、まことに敬虔なる仕草で片手を胸にあてると、こう切り出した。

「人々のうわさは本当なのでしょうか?　あなたはオクターヴを愛しているのですか?」

「他の方にでしたら、わたくしは目でしか答えないでしょう。ですが、あなたはド・カンさまの父親代わりともいえる方ですから、こちらからお尋ねいたします。いまの質問に対して〈はい〉という答えが返ってきたなら、あなたは、その女のことをどのように思われますか？　わたくしたちも好きで、相手もこちらを好いている方にならば、自分の愛を正直に話すのもいいですわ。わたくしとその相手が、お互いにいつでも愛されていると確信をもてるというのは、よろしいですか、それはわたくしたちにとってはひとつの努力でありますし、彼にとってはひとつの報酬なのです。ですが、そうでない方に対しては……」

フィルミアーニ夫人はそういいかけると立ち上がって黙礼し、屋敷の奥に消えてしまった。次々と開いては閉じられていく扉の音が、老人の耳にはひとつのことばのように聞こえた。

「やれやれ、なんという女だ！　ずるがしこい口先女でないとしたら、きっと天使にちがいない」と、老人はひとりごちた。そして貸馬車のところに向かうと、しんと静まりかえった中庭で、馬がときおり敷石を蹴っていた。御者はといえば、なかなか戻ってこない客のことをさんざん罵ったあげく、眠りこんでいた。

翌朝の八時ごろ、老貴族はロプセルヴァンス通りにあるオクターヴ・ド・カンが住む家の階段を上っていった。この世に驚愕した人間というものがいるとしたら、伯父の姿を見たときのこの若い家庭教師が、まさにそれであった。ドアの鍵はかかっておらず、まだ部屋の明かりがついていた。オクターヴは徹夜していたのである。

「おい放蕩者」と、ド・ブルボンヌ氏はソファに座るなりいった。「トゥーレーヌのりっぱな土地から二万六千リーヴルもの年収が入る伯父がいて、そのたったひとりの相続人だというのに、いったいいつから、その伯父をこけにするようになったんだ？昔はな、そうした親類には敬意を払ったことは知ってるよな。このわたしになにか文句でもあるのか？伯父としての務めを、ちゃんとはたしてないとでもいうのか？もっと敬意を示せと頼んだこともなければ、無心を拒んだこともないぞ。わたしのごきげん伺いにきたというおまえを締め出したことがあるとでもいうのか。ヨーロッパでとまではいわないよ――いけずうずうしいといわれても困るからな。でもな、フランスでもっとも取っつきやすくて、偉ぶらない伯父さんだというのに、まったく。おまえが手紙をくれようがくれまいが、わたしはおまえへの心からの愛情を誓って暮らしているんだぞ。おまえのために、あの地方でも最高の土地を準備してな――県の連中がみんなうらやむ財産なんだ。でもおまえに土地を渡すのは、できるだけ遅くしようとも思っている。こうした気持ちは、よくないものなんだろうか？ところが、おまえときたら土地を売り払って、住まいといったら下僕同然。もう召使いもなにもいないじゃないか……」

「伯父さん……」

「伯父さんじゃない、問題はおまえだ。おまえは、このわたしを信用するべきだ。だからさっさと打ち明けるんだ、その方が簡単なのだから。わたしには経験からわかるんだよ。おまえは株かなんかにつぎ込んで大損したのか？　なら〈伯父さん、ぼくはだめな奴です！〉とでもいうがいい。そしたら抱きしめてやるから。でもな、もしもおまえが、わたしがおまえの年齢ぐらいのときについた嘘よりももっとひどい嘘をつくなら、わたしは土地を売り払って終身年金に換えてしまうぞ。そして、こっちだって若い日の悪い習慣に逆もどりだ――まだ可能ならばな」

「伯父さん……」

「きのう、フィルミアーニ夫人と会ったんだ」伯父はすぼめた指先を合わせて唇に当てながら、こういった。「とても魅力的な女性だ。もし望みとあらば、国王の承認や特別認可を、それにこのわたしの同意だって獲得できるぞ。教会の認可は不要だな――婚姻の秘跡ってやつは、最近ではたぶんものすごく高いからな。ほら、話すんだ。おまえが身代をつぶしたというのは、彼女のせいなのか？」

「そうです、伯父さん」

「ああ、あの女め、そうじゃないかと思ったんだ。わたしの時代にはな、宮廷の女というものは男の身代をつぶさせるにも、今どきの高級娼婦などと比べりゃ、ずっとそつがなかった。あの女のうちには、そういうそつのなさが装いを新たにしているんだ」

オクターヴは、悲しそうにしみじみとした様子でこういった。

「伯父さん、誤解しているのです。フィルミアーニ夫人は、あなたが尊敬するに値する女性です。彼女のとりまきたちが絶賛するのも当然の人なのです」

「かわいそうに、青春というのはいつだってこうなんだからな」伯父は嘆いた。「うまくやることだな。昔からよくある恋の話ってやつを、せいぜいわたしに話すがいい。だがな、色恋にかけてこのわたしが、そんじょそこらの青二才とはちがうことぐらい、知っておいてもらわんとな」

「伯父さん、この手紙を読めばすべてわかりますよ」というとオクターヴは、おそらくは彼女にもらった、しゃれた書類入れを取り出した。「伯父さんがこれを読み終わったら、なにもかもすべてお教えします。そうすれば世間が知らないフィルミアーニ夫人を知ることになりますよ」

「眼鏡を持ってこなかったんだ。そいつを読んでくれ」伯父がいった。

オクターヴは、〈わがいとしい人〉と読み始めた。

「おまえは、この女と親しいっていうことか?」

「ええ、もちろん、伯父さん」

「おまえたちは仲たがいしたんじゃなかったのか?」

「仲たがいですって?」オクターヴは驚いて、こういった。「ぼくたちは、あのグレトナ・グリーン[35]で結婚したんですよ」

「ええっ、なんだって? では、おまえはなぜ、屋根裏部屋なんかに住んで、安い晩飯ばかり食べているんだ?」

「もっと先まで読ませてください」

「そうだな、聞くことにしよう」

35　スコットランドの村で、イングランドとの境界近くにある。身分ちがいなどで、イングランドでの結婚を許されないカップルが駆け落ちして、簡単に結婚できたことで知られた。

オクターヴは、ふたたび手紙を読み始めた。いくつかの個所については、心の高ぶりを抑えることができないほどだった。

〈わが愛する夫よ、わたしの悲しみの理由をお尋ねですね？　その悲しみは、わが心から、わが顔へと移動したのでしょうか？　あるいは、あなたがただ推察しただけなのでしょうか？　そうに決まってますわね。だって、わたしたちの心はしっかりと結びついているんですものね。それに、わたしはうそをつくことができないの。それは不幸なことなのかもしれませんわね。愛される女のひとつの条件というのは、いつも甘えん坊で、陽気なことですものね。だったらわたしは、あなたを騙すべきなのかもしれません。でも、そうしたくないのです。あなたがくださる、それもふんだんに、浴びせるほどに与えてくださる幸福を大きくし、維持することが肝心だと重々わかっているのですけれども。

ああ、愛しい人よ、わたしの愛にはどれほどの感謝が込められていることか。ですからわたしは、あなたをいつまでも、かぎりなく愛するつもりです。いつまでもあなたのことを誇りに思いたいのです。わたしたち女性の栄光は、ことごとく愛する相手のうちにあります。敬意も、崇拝も、名誉も、すべては、それを得た者の所有になるのではないでしょうか？ ところがわが天使は、まちがいをおかしたのです。あなたの先だってのうち明け話のせいで、それまでのわたしの幸福は色あせてしまいました。そのときから、わたしはなんだか、あなたに侮辱されたような気持ちなのです。もっとも純粋な人間だと思い、もっとも思いやりがあって優しい人だと考えてきた、あなたにです。まだ子供っぽさの残るあなたの心を十分に信頼していないと、あなたに告白などできません――なにしろ、おそろしく高くつきますからね。あなたはご自分のお父さまがどうやってあの財産を奪ったのかを知っているくせに、自分のものにしてしまっているんだわ！

あなたはわたしたちの愛情という、黙して語らぬ証人たちで満員の法廷で、検事としてのお手柄を話してくださったんだわ！ あなたは紳士だし、自分が高貴だと思っているし、このわたしを所有しているし、それに二二歳だなんて！ なんておそろしいことなのでしょう！ わたし、あなたのために言い訳まで考えて、あなたの無頓着さは若気のいたりだということにしたの。あなたのなかには子供っぽいところがたくさんあると知ってますからね。財産とはなにか、誠実さとはなにかということを、あなたはまだたぶん、まじめに考えたことがないんです。ああ、あなたの笑いが、どれほどわたしには苦しいことでしょう！　悲嘆に明け暮れる破産した一家がいて、そこの若者たちは、いつもあなたのことを呪っている。老人は毎晩のように、ド・カンの父親が不誠実な人間でなかったなら、わしもパンに事欠くようなことにはならなかったのにと、ひとりごとをいっているという事実を、よく考えてくださいな。〉

「なんだって！」ド・ブルボンヌ老人は、若者をさえぎるといった。「あの女に、おまえの父親とブールヌフ家とのあの事件のことを話すとは、おまえもめでたいにもほどがある。女というものはな、財産を作るよりも、それを使い果たすほうが得意なんだぞ！」

「いいえ、彼女は清廉潔白であることが得意なのです。続けさせてください、伯父さん！」

〈オクターヴ、世間のいかなる力も、名誉ということばの意味を勝手に変える権限はないのです。あなたの良心のなかに、もう一度引き返してください。あなたが黄金を手にしているのは、はたしていかなる名の行為によるものなのかを、ご自分の良心に聞いてみるがいいわ。〉

甥っ子が伯父のほうを見ると、伯父はうなだれていた。

〈わたしを悩ませている思いのすべてをあなたにお話しするつもりはありませんが、煎じつめると、次のひとつにまとめられると思います。いかなる金額であっても、承知の上で金銭によってわが手を汚すような人間に、わたしは敬意を払うことはできません。賭けごとで五フラン奪い取ろうと、法律に乗じた詐欺行為で六〇万フランもうけようと、その人の名誉を汚すという点では同じことです。

はっきり申し上げましょう。かつてはわたしのすべての幸福をつかさどってくれた愛なのに、それによって自分が汚されてしまったように思えるのです。わたしの心の底から、ひとつの大きな声が立ち上がってきて、愛情の力をもってしてもこれを抑えられません。愛よりも良心がまさるということに、わたしは泣きました。あなたが罪を犯すようなことがあっても、わが胸中にある、人間としての裁きからは、あなたを遠ざけてあげるでしょう。でも、わたしの献身は、そこまでが限度なのです。女にとっての愛とは、無制限の信頼であり、自分を所有する相手を敬い、崇拝することが必要なのです。わたしはこれまで、愛というものは、もっとも高貴な感情さえもそれによってさらに純化され、高められていく炎であると、ひたすら思い描いてきました。ですから、あなたに申すべきことはひとつしかありません——貧しい身となってわたしのところにきてください。そうなれば、わたしの愛はいや増すことでしょう。さもなければ、わたしのことはあきらめてください。もう、あなたにはお会いしませんが、あなたがあとはなにをすればいいのかは存じております。わかってくださいね。わたしがそう勧めたからあなたが返却するということなど、わたしは願っていません。いいですか、ご自分の良心にしっかりと相談してください。この正義のふるまいが、愛のためになされる犠牲であってはならないのです。わたしはあなたの妻であって愛人ではありません。ですから、わたしを喜ばすことよりも、わたしの中にあなたへのもっと深い敬意を起こさせてくれるということが大切なのです。それとも、わたしが勘違いしていて、あなたもお父さまの行為についてきちんと説明してくれないのでしょうか。あなたの財産が合法的なものだと思うなら――ああ！　わたしとしては、あなたには非難すべき点などないのだと確信したいのです――良心の発する声に耳を傾けて、決めてください。あなた自身の判断で、きちんと行動してください。あなたがわたしを愛してくれているように、一人の女性を誠実に愛する男というのは、女が自分を神聖な存在だと思っていることを、このうえなく重んじているわけですから、不誠実になれるはずがありません。

ここまで、こんなことを書き連ねてしまって反省しています。ひとことだけで十分でしたでしょうに、なにしろ根がお説教好きなものですから、われを忘れてしまいました。わたしを叱ってほしいですわ。でも厳しくではなくて、ほんの少しだけにしてくださいね。わたしたち二人のあいだでは、あなたが力をもつ側ですわよね。あなた一人で、ご自分のまちがいを悟る必要があるのです。わたしは政治論争なんてなにもわかっちゃいないんだからなんて、おっしゃるおつもりでしょうか、先生?〉

「伯父さん、こういうことなんです」オクターヴはいったが、その目は涙でいっぱいだった。

「でも、まだなにか書いてあるじゃないか、最後まで読んでくれ」

「え……でもこのあとは、恋人だけが読むべきことしか書いてありませんから」

「よろしい」老人がいった。「けっこうだよ。わたしはこれまで、ずいぶんとたくさんのはかない恋をしてきたが、わたしだって深く人を愛したことがあるんだ。〈われ《エト・》もまた、アルカディアにありき《エゴ・イン・アルカディア》〉〔アルカディアは牧歌的な理想郷の象徴〕ということを信じてほしい。ただ、なぜおまえが数学の家庭教師なんかをやっているのか、まだよくわからないのだが」

「伯父さん、ぼくはあなたの甥っ子ですよ。いいですか、手っ取り早くいいますとね、ぼくは父が残した資産に手をつけたというわけです。この手紙を読んで、ぼくの心のなかには大きな変化が生まれたのです。ぼくは、良心の延滞金を即刻支払ったのです。ぼくの心がどんな状態にあったのか、表現しようとしても到底できません。森をカブリオレ馬車[36]で走っていても、〈この馬は本当におまえのものなのか？〉という叫び声が聞こえてきます。食事をしていても、〈この夕食は、盗んだものじゃないのだろうか〉と思ってしまうのです。自分自身が恥ずかしくて仕方なかった。ぼくの誠実さが未熟であるのに対し、彼女はとても誠実な女性だったのですから。さっそく、ぼくはフィルミアーニ夫人のところに駆けつけましたよ。そしてですね、伯父さん、その日ぼくは巨額の価値を持つ精神の喜びと、魂の快楽を得たのですよ！　ぼくは彼女といっしょに、ブールヌフ一族に対する負債の計算をし、フィルミアーニ夫人の意見を押し切って三パーセントの利子をつけて支払うことにしたんです。とはいえ、全財産を出しても、きっぱり清算するのには足りなかったのです。でもそのときには、ぼく

36　幌つきで、一頭立ての二輪馬車。現在なら、オープン・スポーツカーといった感じ。ブーローニュの森を自家用馬車で流すのが、かっこいいとされた。

たちはおたがいに十分に愛し合う存在に、十全なる夫婦になっていましたから、彼女が貯金を提供してくれて、ぼくはそれを承知したわけです……」

「なんだって！　あの美しい女は、美徳があるだけではなく、貯蓄までしているのか？」伯父が叫んだ。

「あの人をばかにしないでください、伯父さん。彼女の立場というのは、あれこれと気づかいが必要なのです。彼女の夫は一八二〇年にギリシアに向かったのですが、その地で三年前に亡くなりました。しかし今でも彼の死亡の法的な証拠が得られず、また、妻のために彼がしたためたはずの、全財産を妻に残すという遺言書も入手できていないのです。フランスとはちがってギリシアでは戸籍簿が作成されず、領事館もないので、この最重要の書類がはたして盗られてしまったのか、あるいはどこかにいってしまったのか、よくわかりません。この後の人生で、彼女が悪意ある者に財産を奪われるのでは、と心配しなくてはならないのかどうかは分かりませんが、とにかく彼女は最終通達を入手する必要があるのです。というのも彼女は、シャトーブリアンが先ごろ大臣の椅子を去ったみたいに[37]、その豪勢な生活を捨ててもいいと思っているのですから。ですからぼくとしては、本当に自分の所有物である財産を手にしたいのです――妻が破産しても、豪勢な暮らしを取り返してやるために」

「おまえは、そんなことをわたしにはいわなかったし、わたしのところに来もしなかったじゃないか。ああ、なんということか！　オクターヴ、わかっているか？　わたしはおまえを愛しているのだから、しかるべき借財なら、紳士としての借金なら、代わって支払ってやるのに。わたしはな、おまえにとって〈土壇場に登場する伯父さん〉なんだからな。ちゃんと対応はしてやろうじゃないか」

「伯父さんの言う父の名誉回復のことはわかってますよ。でも、ぼくのやり方で金持ちにさせてください。恩を施してくださるというのなら、なにかを計画して資本が必要になるまでは、一千エキュ［五千フラン］だけ、ぼくに年金を設定してください。いま、ぼくはとても幸せですから、肝心なのは生きることなんです。ぼくはだれの世話にもならないために家庭教師をしているのです。わかってください、ぼくがどれほどの喜びをもって返済を行ったかを。あちこち奔走したあげく、不幸にも無一文と

37　『キリスト教精髄』『アタラ』などで知られる作家のシャトーブリアン（一七六八～一八四八年）は、過激王党派の有力政治家でもあった。王政復古時代に外務大臣にまで上りつめるも、一八二四年六月、その職を辞した。

なったブールヌフ一族をついに見つけだしました。彼らはサン＝ジェルマンのみすぼらしい家に住んでました。年をとった亭主は宝くじ売り場を開き、その二人の娘は家政婦と帳簿付けの仕事をしていました。母親は病気がちでした。娘は二人とも、思わず見とれてしまうほど美しいのですが、世間は財産のない美人には安値しか付けないという厳しい現実を思い知らされていました。ぼくがいかなる光景を求めてそこに赴いたのかわかりますか？　犯罪の共犯者としてその家に入ったぼくは、正直な人間としてその家をあとにしたのであり、亡き父の汚名をそそいだのです。伯父さん、ぼくは父を裁くのではありません。訴訟というものにはある種の誘惑やら情念が働いて、世界でもっとも廉潔な人間をたぶらかすことだって、ままあるわけです。弁護士はこの上なくばかげた主張を正当化することができるし、法律は良心のあやまちに対して寛容な三段論法も許容しますし、裁判官にだってまちがえる権利はあるのです。ぼくの行動は、まさに真のドラマと言えるものでした。救いの神になって、〈空から二万リーヴルの年金が降ってきたらな！〉という願いを、笑いながら叶えてやったのですよ。そして呪いにみちた眼差しのあとには、感謝と、驚きと、感嘆の神々しい眼差しを向けてもらい、煤けたようなランプと泥炭の暖炉の前に寄り集まった彼ら家族のまんなかに、ある晩豪奢な生活をぽーんと投げてあげたというわけです。いや、あの光景はことばで言い尽くせるものではありません。ぼくの極端なまでの正義感が、彼らからすればいわれなきものにも思われたようです。結局ぼくの行いによって、もし天国があるならば、ぼくの父親はいまやそこで幸福に暮らしているにちがいありません。そしてぼくはといえば、いかなる男も及ばぬほどに愛されています。フィルミアーニ夫人は、幸福以上のものをぼくにくれました。それまでのぼくにはたぶん欠けていた、思いやりというものを恵んでくれたのですから。ぼくはそれを、〈わが親愛なる良心〉と命名します。それはわたしたちの心に秘められた、ある種の調和を表現するひとつの愛のことばにほかなりません。誠実さとは、利益をもたらすものであるはずですから。ぼくは早く自力で金持ちになりたいという希望を抱いています。いまは工業技術のある問題を解決しようと懸命で、もし成功すれば大金が儲かるはずなのです」

伯父はオクターヴの母である自分の妹のことを思って、目に涙がうるんできた。やっとのことでそれをこらえると「ああオクターヴ！　おまえには母親の魂が息づいているんだな」といった。

このときだった。オクターヴ・ド・カンの屋根裏部屋はだいぶ高い位置にあったものの、二人は馬車が到着した音を聞きつけたのである。

「彼女ですよ、馬の止まり方でわかるんです」オクターヴがいった。

するとほどなくフィルミアーニ夫人が屋根裏部屋まで上がってきた。

「ああ、あなたでしたか」ド・ブルボンヌ氏に気づいた彼女は恨めしそうにいったが、ほほえみを浮かべながらこう続けた。「でも、わたしたちの伯父さんは、もうじゃまではないのよ。わたしは夫の前でうやうやしくひざまずいて、わたしの財産を受け取ってくださいと頼むつもりで来たのです。オーストリア大使館が、夫フィルミアーニの死亡を確認する書類を送ってきました。これはコンスタンチノープル［一四五三年以降は、イスタンブールが正式名称］の教皇大使代理の配慮によって作成された、正規の書類です。下僕がわたしに手渡すべく保管していた遺言書も同封されています。オクターヴ、あなたはすべてを受け入れればいいのよ。ほら、あなた、わたしよりお金持ちなのよ。神さまだけが与えることができる宝物の所有者なのですものね」彼女は、夫の胸をたたきながらいった。そして自分の幸福感を抑えきれずに、オクターヴの胸に顔をうずめるのだった。

「わが姪よ、昔はわたしたちが愛の主役だったが、いまはおまえたちが愛を実践しているんだな」伯父はいった。「おまえたちこそ、人類のうちでもっとも善良で、美しい存在だ。なぜならおまえたちには、落ち度は全然ないのだから。それはいつだって、わたしたちのせいなのだからな」

パリ、一八三一年二月[38]

38 本作品の初出は、翌一八三二年二月「パリ評論」誌である。

書籍業の現状について

I

書物の商いは、今日では穀物の商いと同様に、高い必要性に支えられている。普通にものを食べ、衣服を着て、家に住むことができる人間にとって、もっとも強烈な欲求とは知性を拡大させることなのだ。なぜならば、現代においては知性は権力に勝るのだから。

それぞれの商売がどれほど有用かを検証するとまではいわなくても——それは些細な問題だ——、人間の知識を広げて、生活を豊かなものとし、あらゆる思考を相互に交流させることを使命とする商売が、そしてまた人間の精神活動に直結した生産物を扱う商売が、もっともすばらしく高貴であることはいうまでもない。

しかしながら書籍業は、今日、もっとも不評を買っている商売の一つなのである。ひょっとしたら、この業界はその昔悪名を轟かせていた代訴人と並び称されたいのではないかと思うほどだ。書籍業が社会において話題になるとき、そのニュアンスがすっかり逆になってしまった。印刷術が誕生した時代において、書籍商は尊敬すべき、そして実際に尊敬されている学識者であったのに、一九世紀の書籍商はあまり敬われることのない人間に堕してしまったのだ。

とはいえ、こうした状況が長く続くはずはない。書籍商が再びしかるべき地位を獲得するのは、必然といってもいい。現在起きている巨大な社会変動のなかで、出版・報道がひとつの制度となるのは確実なことなのである。

昔は長時間の労力を費して書かれた著作は、ヨーロッパに捧げられて[1]、王侯君主がその報酬を作者に支払っていたのであり、作者は書籍商には、原稿を渡していた。原稿を買い取る人間など、稀にしかいなかった。ひとつの著作を印刷するのは時間を要する事業であって、それで破産することもありえたのだ。ヴェルヴィル[2]は自分の版元をそうした状況に陥れてしまったために、『出世の道』[3]を出版し、儲けさせてやったのである。

ところが、この五、六〇年で、作家は、宮廷での仕事、年金の受給、ルーヴル宮への居住、王侯貴族の教育といった束縛から解放されたのだ。そして読書は、人々にとって必需品のひとつとなった。トルコ人が阿片に夢想を求めたのと同じように、ヨーロッパ人の想像力は、読書が文学に求める感覚的刺激によって育まれるのだ。啓蒙の光の広がり、教育費用の低下、コミュニケーションの高速化といったものが、書物の生産をごく当たり前のことにした。一〇〇年前のフランスには、ベーコン[4]やミラボー伯[5]のようにその世紀の知識・学問を総合的に体現する人間などは、三千人もいなかった。ところが現在では、学士院、理工科学校、その他、さまざまな施設のおかげで、そうした人間がまるで街灯のように国中に広がっている。様相は一変したのである。

したがって、作家にとって国王の金庫から手当を頂戴するよりも、読者公衆から作

1　著作物は公共のものであることを示すため、ヨーロッパをその語源である女神エウロパに擬人化して言っている。
2　ベロアルド・ド・ヴェルヴィル（一五五六～一六二六年）、代表作は『出世の道』。
3　一六一七年頃の刊行。ラブレー譲りの奔放な物語で、バルザックも愛読し、『風流滑稽譚』などに影響を与えた。
4　フランシス・ベーコン（一五六一～一六二六年）、イギリスの哲学者。著作は『学問の進歩』など。
5　一八世紀の作家・政治家。著作は『ソフィーへの手紙』など。

品の対価を受け取るほうが、より高貴なこととなったのも納得できる。

書物が莫大に消費されることで、出版業・書籍業の重要性は大いに高まったのであり、とりわけ王政復古［一八一四年］以後、出版・報道と民衆の関係はすっかり変わったのである。

一七五〇年の時点では、ひとつの著作は――それが『法の精神』［モンテスキューの著作。完成は一七四八年］のごときものであっても――、三千人から四千人に行き渡るのがせいぜいであった。書籍商のプローとクラメールの二人がヴォルテールの作品を何部刷ったのか知ったなら、人は驚くにちがいない。今日では、ラマルチーヌの『瞑想詩集』［一八二〇年］は初版だけで三万部も売れたのだし、ベランジェ[6]の詩は一〇年間で六万部も売ったのだ。そして三万部ずつ刷られたヴォルテール、モンテスキュー、モリエールが知性を啓蒙し、ラブレーなどは奇跡的なことに、この五年間でそれまでの一世紀分以上の部数がさばけたのである。

では、革命や第一帝政が、書籍業をその手に委ねた人々は、こうした大きな変動に備えていたのだろうか？　いや、彼らは時代の動きに従ったにすぎない。農民だってそのような変動のことは分かっていたにちがいない。ところが、あの急変の時代は、書籍業にとっては利益をもたらすどころか、致命的なものになってしまったのである。パンクーク[7]（父）以後、あるいはディドー族［有名な印刷・書籍商］以後、ルヌアール氏と一般人には無関係の何人かを除いては、書物に造詣の深い書籍商などは皆無であって、書籍商はいかなる仕事上の能力も示してこなかった。革命をきっかけに、前日までの農民だって翌日からは書籍商だとばかりに、無学な者たちがこぞって、莫大な利益がころがっていそうなこの商売に殺到したのだ。そのため書籍商組合が崩壊することとなり、作品が粗製濫造されていたという秘密が暴露されてしまうのだった。そうした書籍商の多くはクルシエ[8]の同類で、書物の価値をタイトルの大きさや長さで判断するような連中でありながら、財をなした。皇帝のように権力を振りかざす独裁政治のおかげで、書籍商は特権を与えられていたのだ。こうした状況から、次のような異様ともいえる公理が生まれた。「書籍商は、買おうとする原稿を読んではならない」「よいタイトルこそ本を売る秘訣だ」「書籍商が著作を構想し、これを注文する

6 一九世紀前半に絶大な人気を博した民衆詩人。
7 一八世紀の書籍商。『百科全書』の出版にかかわったのは、その息子。
8 数学書などを出版したルイ・クルシエのことか。

ことが必要だ。彼らこそが読者の需要を知っているのだから」等々である。しかしながらこれらの一般的なことがらは、書籍商の失墜というぽっかりとあいた傷口の原因をある程度説明してくれるものの、わたしがこれから論じる理由と比較すれば些細なものにすぎない。

書籍業はそれまで膨大な量の書物を生産してきたが、一八一五年になって、出版元の資金繰りと書物製作の必要性とのあいだに大きな変化が生じた。出版業の拡大による利益をのがすまいという欲望が原因で、ゆきすぎた信用貸しが横行したのだ。

かつては書籍商という職業と印刷業者という職業は、ほとんど不可分のものであった。クラモワジー［一七世紀パリの有力書籍商］、クルジエ［一八世紀パリの書籍商一族］、ロラン［一八世紀パリの書籍商］、エチエンヌ家[9]などの大きな書籍商は、書物を印刷し、販売もしていた。紙や活字を現金で購入していたから、書物が完成したときには、その書物の負っている負債といえば、クラモワジーなどの出版元への恩義ぐらいのものだった。あとは書物の買い手がクラモワジーに金を持参し、クラモワジーはそれを財布にしまえばよかった。クラモワジーには心配ごとなどなかった。出版点数をふところ具合に合わせていたし、そもそも年に五、六点しか刊行しなかったのだから。

ごくわずかだが、印刷工房を持たない書籍商や、書店なき印刷業者も存在したけれど、その場合には印刷業者は書籍商から支払いを受けていた——粉屋がパン屋に支払ってもらうのと同じ理屈である。

ところが一八一五年、こうした状況は一変した。印刷業者が書籍商とは完全に別個の団体を形成したばかりか、書籍商もいくつもの階層に分割されたのだ[10]。印刷業に関しては現金払いという習慣が次第にすたれていき、賃金や活字代、家賃、税金などを支払わなくてはいけない彼ら印刷業者は、代金を手形で支払うという致命的な習慣を導入してしまったのだ——しかも他の商売のように九〇日払いではなく、当初から、六か月払いの手形であって、これが後には一年払いとなっていく。さらには、二年満期という手形を振り出し、印刷業者もこれを受け取るといった事例が頻繁

9 多数のユマニストを輩出した一六世紀パリの書籍商。ロベール一世などは、改革派としてジュネーヴに移住した。

10 一八一〇年、検閲制度が強化されて、パリの印刷業者は六〇人に限定され、免許制となった（その後、八〇人に増加）。書籍商も認可制となったが、人数は限定されなかった。こうした構造も関連していると思われるし、バルザックもこれを認識していたにちがいない。

におきる事態にまで陥ったのだ。

こうして多くの印刷業者が長期手形を振り出すこととなり、この方式は紙の仕入れにも導入された。さらに書籍商たちも、作家を買いたたいて、彼らに対して手形で支払うことになった。

おかげで新米の店員が自分で書籍商を立ち上げ、原稿を買い、紙を仕入れ、いい加減に印刷させたとしても、二年間は枕を高くして眠っていられることになった。山っ気から出版を始めても、実際に書物を作っている人たちに代金を支払う一年前には、売上金を手にできるという安易さから、無分別な連中が業界に参入してこのような取引を繰り返すこととなったのである。彼らは豪語する――出版業では、おいしい取引は五回に一回ぐらいしかないものと見ておく必要があるが、その儲けで他の四回分の損失をカバーできるのだと。

ここで、書籍の出版という商売など、ごく簡潔に表現できることを確認しておきたい。一連［五〇〇枚］の白紙の価格は一五フランだが、それが印刷されて黒くなると、一〇〇スー［五フラン］にもなれば一〇〇フランにもなる。つまり作品が成功すれば一〇〇フランになるし、こければ一〇〇スーになるということなのである。

とはいえ、いま述べた商業ルールの異様な逆転現象が、出版業がさらされる恐ろしい危機の、直接的な原因だと思ってはならない。製紙業者、印刷業者、製本屋が非常に愚かであり、本当は無一文の連中に巨額の前貸しをしたとか、おかげで、いつまでも際限なくうまい汁を吸う巧妙な書籍商のもうけになっただけなのだと、信じてはいけないのである。

では、これから本当の傷口を開いてみようではないか。書籍商は三つの階層に分かれている。

1　書籍出版業者：原稿を買い、あるいは旧作を再び印刷して、書物として仕上げる。

2　書籍取次業者と書籍卸業者：前者が、出版物の大部分を後者に配達する。

3　地方の書店、パリの書店：顧客とじかに接触する。なお、現金で買って現金で売る露店の古本屋については、ここでは扱わないものとする。

一冊の書物が読者に届く前に、「租税」を三度にわたり支払わせることを目的としたこの不合理な階級制度がおわかりだろうか。これこそ出版という嘆かわしい商売の、あらゆる不幸の原因にほかならない。

客に本を売る3の小売書店は、1との仲介をつとめる2の業者のところに口座勘定を設定している。そして3は、消費者の代表であることを盾にして2を牛耳り、勘定の監査が半年あるいは一年ごとにしかおこなわれないように求めたのだ。また2は1に対して満期をもっと長期間とすることを要求し、その1も供給業者［製紙業者、印刷業者、作家など］を支配していたのである。

こうした複雑な仕組みの弊害は、これだけにとどまりはしない。というのも年度末になると、この三種類の書籍商は貸借決算をおこなうのだが、それがまた一年払いとか一年半払いの手形でなされたのだから。

それだけではない。三つの階層の書籍商がいずれも出版を手がけることがあったし、新刊・旧刊を問わず、印刷された部数のかなりの部分の流通を引き受けたりもしたのだ。彼らはおたがいに口座勘定を持ち合っていた。貸借の金額が合えば受領書をやり取りして相殺したり、差額があればそれを支払って勘定の収支を合わせるといったことはせずに、それぞれがばらばらに手形を振り出していたのである。

たとえ妖精たちが暮らす幻想的な宮殿の中にも、山ほどの紙きれの通貨からなるこうした資産ほど非現実的な建物は存在しなかったにちがいない。この制度のもとでは製紙業者や印刷業者、書籍商の眠りを妨げるような書物は、一冊たりとも作られなかったのだ。

さらにこうした連中は、がめつさからひそかに共謀して読者を裏切り、異様な慣例が生まれた。一部の書籍商は、ある書物の一般向けの価格を一〇フランに設定しながら書籍小売業者には五フランで売りさばき、しかも一二部ごとに二部をおまけとして付けたのである。一方で資金繰りに困ると刷ったもの全部を安値で手放したから、それらが次々と人手に渡り、捨て値で読者の手に落ちることも見られた。書物がたどるこのような経路の末端にいるのが、ぞっき本屋にほかならない。

そして貪欲な権力者が、印刷業者、製紙業者、書籍商といった連中の上空を飛びかう。高利貸しという、書籍商の血を吸うヒルのような連中がそれであって、長期手形を割り引いて貴重な現金を用立ててくれるのだが、その割引率がまた一〇％とか一五％ときているのだ。では、だれがこうしたつけを支払わされるのだろうか？ほかならぬ読者である。読者こそは、詐欺師まがいの連中や無能力な連中の犠牲者、そうした連中がそそのかし、印刷業や製紙業から取りつけた、「いつわりの支払い便宜」[11]の犠牲者なのである。誠実な人間は破産して、まっとうな財産が使い果たされてしまう。こうしてパリの金融の世界では、書籍商が振り出した手形類は忌避されることとなった。倒産すれば、平均すると額面の一〇%にもならないのだ。かくして、もっともすばらしく高貴な商売は、もっとも卑しむべき商売へと落ちぶれたのである。

今日では、何人かの心ある人間や学識教養のある人々も、出版の世界に参入している。だが彼らには、ことの本質がよく見えていない。同業者を恥ずかしく思いながらも、思いきって打開策を講じようとはしない。衝突するのをひどく恐れているのだ。しかしながら書籍業の救済と復興は、些細なことの実践にかかっている。本の印刷を注文する人間が著者、印刷業者、製紙業者へ必ず支払いをするようにさせて、とにかく自分の力で読者に本を売るように仕向けること。この三つの身代金を勘弁してやらないことが肝心なのである。結局のところ、一巻の書物がまったくパンと同じように製造・販売され、著者と消費者のあいだに本屋以外の仲介者が入らないような状況にする必要があるのだ。そうすれば出版という商売は、もっとも確実な商売となるにちがいない。読者公衆も、書籍商も、著者も、印刷業者も、製紙業者も、大いなる堅実さを達成できることになる。著者はより多額の作品報酬を受け取れるし、読者はより安く作品を手に入れられる。書籍商が、ある出版事業で一万フランの支出を強いられるとしても、それはもはや危険をはらんだ得体の知れぬものとはならない。そうすれば彼らも、自分たちの職業には知識・教養が不可欠なのだと悟るであろう。グーテンベルクが何年頃に聖書を印刷したのかを知らない店員には、書籍商になるというのは、ただ店を出しているのではなく、版元として自分の名前を刻むことだとは、容易に想像しがたいことなのだ。書籍商が仲間うちで破産した多くの連中の教育レベルを調べてみれば、学問を修めた者は一〇〇人に三人ぐらいしかいないことが判明するはずだ。

書籍業を支配している最後の要因は次のことだ。現在では印刷の秘密が、芝居のからくりのようなものになっている。一枚の全紙を印刷・製本するのに、一スー〔二〇スーが一フラン〕ないし二スー、つまり八折《やつお》り判二五枚で二フラン五〇サンチームの費用を要することは、だれでも知っている。そしてラマルチーヌからバルジネ[12]に至る

11　ここでは（長期の）約束手形などのことをさしている。
12　当時の凡庸な小説家。バルザックが新作の書評を手がけた。

まで、著者は一部につき一フラン以上を受け取ったことはないのであり、私的領域から出てきた[13]八折り判の書物一冊の場合、書籍商が要する経費はせいぜい四フランであり、たまたま美本に仕上げて三〇スーばかり製造費を上乗せしたとしても、五フランから六フランにしかならないことは周知の事実なのである。ということは、版元と買い手のあいだに中間業者が入らなければ価格を下げられるのは明白なのだ。したがって、このなんともおそろしい現在の書籍業界の理不尽な制度のなかで、なにがしかの良識を保っている人間がなすべきは、この成果をめざして努力することなのだ。それが製紙業者や印刷業者の願いなのである。

II

ここまで書籍業の現状について指摘してきた意見がいちはやく実現されるかもしれないと、期待していたわけではない。パリの有力な二つの版元が、破産を申し立てたことがある。デュ＊＊＊氏とデル＊＊＊氏は出版を手がけていたものの、読者と触れあうことはせずに書物を二流の書籍商の手に委ねていたのだが、完全に倒産状態となって白旗を掲げるしかなかった。二人とも評判もよく、りっぱで誠実な人間であったが、自分の商売に「直接販売」[14]という単純明快な考え方を適用しなかったがために、破滅の淵を一〇年間もさまよったのである。

III

われわれが高く評価していて、その出版活動をもっと奨励してやりたいとも考えているある版元が、本紙〔《フユトン・デ・ジュルノ・ポリティック》〕に掲載されたある本の定価に印刷ミスがあったといって、苦々しげに文句を述べていた。版元として付けた価格とは異なる価格をこちらが掲載して、彼の所有物を勝手に販売することなど

13　原文は du domaine privé で、「個人的動機から作られた」ということか。ここでは出版全体のシステムの問題点を指摘しているのだから、「私家版」ということではないと思われる。

14　バルザック自身による「ブッククラブ」という直接販売のアイデアについては、拙稿「発明家の苦悩——バルザックとブッククラブ」（『読書の首都パリ』所収、みすず書房、一九九八年）を参照。

認めたくはない[15]のだ。だが、このような批判をするというのなら、こちらとしてもこう宣言したい――われわれは書籍を、その表面的な価値よりも安く売るという悪徳商法をしようと決心したのだと。われわれは、自分が告知する価格で書籍を供給することができるのである。われわれは、そうした書籍を書籍出版業者のところでしか「仕入れる」ことができないのだから、彼らの財産を「ほとんど侵害してはいない」ではないか。たくさんの本屋が値引きした書物のリストをあちこちの新聞に掲載しているというのに、本紙だけがそうしたメリットを享受できないというのならば、まったく異常だというしかない。本紙を介した書籍の販売が出版業に災いをもたらすというのなら、われわれとしてはそれを心から願おうではないか。というのもその災いこそが、むしろ出版業界になしうる最大の善行にほかならないのだから。なぜならば、それは読者に対しては二種類の租税を免除し、版元に対しては消費者と直接的な関係を築かせることで、彼らの安定を保証することになるのである。われわれとしては、本紙の効験あらたかなる方針のひとつなりとも、かの版元に理解されることを期待するしかない。以上の考察は本紙の必要性を証明するに十二分のものといえる。われわれは、パリの書籍商のあいだから本紙の定着［実際は一一号で廃刊の憂き目にあう］に対する猛反対が出てくることを覚悟している。しかしながら、こうした反感こそは本紙が読者に対してしうる、最良の推薦状ではないだろうか？

Ⅳ

英国ロンドンの六五〇軒の書籍商が、業界の置かれている惨状を認めて寄り集まり、ひとつの憲章を作成した。そして、去る一二月二九日［一八二九年］に、その憲章が発効したはずである。英国の書籍商を破滅に導いた原因は、われわれがパリの出版業界を脅かしているとして指摘した原因と、ほぼ同様のものである。かくも重大なる産業の運命に関心がおありの読者諸兄は、三月二七日付「ル・タン」[16]紙の優れた記事を参照されたい。いくつかの差異を別とすれば、破綻の原理が同じであることがおわか

15 この文章が載った書評紙「フユトン・デ・ジュルノ・ポリティック」は、実際にその書籍の表示価格よりも安い価格を提示し、版元からの直接購入という禁じ手を使うことで定期購読者にはより安価に単行本を提供するという戦略を公表していた。

16 ジャック・コストが一八二九年に創刊した中間派の新聞。

りになるにちがいない。現在、パリの出版社が一冊の本を刊行するときには、これと連動して一〇軒ないし一二軒の書籍商がそれぞれ一定部数を引き受けることにより、いわばこの出版企画の株主的な存在になっている。ロンドンにおいても、これと同じ出版方式が書籍商の大同団結を余儀なくしたのである。ところがわが国にあっては、なんとも健全な感覚とでもいおうか、需要を完全に予想して最大限の利益を確保しようとするやり方、そして愛国的ともいえる協調精神が存在するために、危険な徴候を前にしても、いささかも自尊心を発揮しようとは思いもしないようなのである。

解説

宮下志朗

《人間喜劇》と題された壮大な物語群を生み出した文豪バルザックといえば、だれでも『ゴリオ爺さん』『幻滅』『谷間の百合』といった長編小説を連想するにちがいない。当然の話だ。それらの小説（ロマン）は、数千人もの登場人物が織りなすこの《人間喜劇》という巨大な壁画の中央を占め、あるいは骨格を形成しているのだから。だが、少し待ってほしい。全部で九〇編からなるという（数え方は、学者によって異なるらしい）、この「社会の絵巻《タブロー》」（「人間喜劇総序」）は、長編だけで構成されているわけではない。実際のところ、少なくとも全体の三分の一ほどは短編として括れるのではないだろうか。これに『知られざる傑作』『シャベール大佐』『ゴプセック』といった中編を加えるならば、《人間喜劇》の半数近くは長編ならざる作品で占められているのである。《人間喜劇》は「人物再登場」という手法で有名だけれど、そうした再登場人物の多くは短編にも出没する。彼らがそこで主役を張ることは稀とはいえ、語り手になったり、脇を固めたり、あるいは噂の中心となったりする。長編小説と中編・短編とが織りなされてこそ、この社会の絵巻物に、奥行きや陰影が生まれるのだ。わたしの学生時代には、こうした短編集のいくつかを、文庫本で簡単に入手できたが、昨今はなかなか見かけなくなった。そこで、ささやかながら一本を編んでみた。

短編を四つと、評論を一つ選んだ。この選択に関しては、別に理論的な枠組みが先行していたわけではなく、好みや、個人的な思い出が決め手となった。短編はいずれも、《人間喜劇》第一部「風俗研究」から選んだ。《人間喜劇》は、「風俗研究」「哲学的研究」「分析的研究」の三層がピラミッド構造をなす作品群である。ピラミッドの基底部を形成する「風俗研究」では、「あらゆる社会的な結果《エフェ》」が描かれている（ハンスカ夫人への手紙）。「結果《エフェ》」とは、要するに社会現象や事件のことであろう。そもそも短編の多くは、この「風俗研究」に属していて、読者をできごとの現場に連れていってくれる。四編のうち、『グランド・ブルテーシュ奇譚』（後述のように、最終的には『続女性研究』に組み込まれた）『ことづて』『マダム・フィルミアーニ』の三作品は、六つからなる「風俗研究」の下位区分のうち、いずれも「私生活情景」というカテゴリーに分類されている。そこでは結婚という制度やその不条理さが主題となり、女性が主要な役割を演じている。どれも、いかにもバルザックらしい作品ともいえる。もう一つの『ファチーノ・カーネ』は「パリ生活情景」に分類されているが、その象徴的な内容からいって、ピラミッドの中段、「結果の次に原因」（ハンスカ夫人への手紙）を究明するところの「哲学的研究」との架け橋にふさわしいと考えた。

そして最後に、小説以外のテクストから、透視者バルザックの偉大さ、おもしろさを照射してみたいとも考えて、評論から選んでみた。『風俗のパトロジー』（山田登世子訳、新評論／後に『風俗研究』と改題して、藤原書店、一九九二年）『ジャーナリズム博物誌』（鹿島茂訳、新評論／後に、『ジャーナリズム性悪説』と改題して、ちくま文庫、一九九七年）『役人の生理学』（鹿島茂編訳、新評論／後に、ちくま文庫、一九九七年）と、ピラミッド上段の「分析的研究」への編入を予定されていたテクストないし、その周辺のテクストが、一九八〇年代に立て続けに飜訳されて、われわれバルザック愛好家を大いに喜ばせてくれた。わたしなどは、「批評家としてのボードレール」もたしかにすごいけれど、「批評家バルザック」は、なるほど雑文めかして書いているし、時間に追われてぐじゃぐじゃなところも目立つとはいえ、もっとすごいかもしれないなどと、きわめて勝手な感想を抱いたものだ。だがその後、追い風としての「社会史」

ブームも去ってしまったし、バルザックの「雑文」がそれ以上紹介されることはなかった。そこで、ここではとりあえず、書物の社会史をかじっている身として、バルザックが出版業の矛盾を指摘した一編を訳出してみた。

では、各作品について、その「経歴」を中心に簡単な説明を加えておきたい。

◆『グランド・ブルテーシュ奇譚』La Grande Bretèche 《人間喜劇》第一部「風俗研究」・「私生活情景」の『続女性研究』に編入された）

『グランド・ブルテーシュ奇譚』の初出は一八三二年だが、いかにもバルザック作品らしく、奇妙なデビューであった。「私生活情景」第二版、第三巻（マームならびにドロネー＝ヴァレ書店）として、『忠告《ル・コンセーユ》』というタイトルで刊行されたのである。これは何人かの男女がサロンで、芝居の感想をきっかけとして「モラル」についての議論を始め、やがて若い貴族のド・ヴィレーヌが二つの道ならぬ恋のお話をするという「枠物語」なのである。『ことづて』、次いで『グランド・ブルテーシュ奇譚』が語られる。そのなかで『ことづて』は、同年の二月に単独で発表されたテクストの再利用である。一方の『グランド・ブルテーシュ奇譚』はというと、前年に執筆にとりかかっていたらしいのだけれど、出版の企画が頓挫してしまい、宙に浮いてしまったらしい。そこでバルザックは、窮余の一策とばかりに、『ことづて』と『グランド・ブルテーシュ奇譚』をカップリングして、簡単な導入部と結末を加えて、新作として世に送ったという次第──作者が得意とするリサイクル作戦であった。なお草稿は、ごく一部分が残っている（ロヴァンジュル文庫）。

だが『忠告』は、その後二度と日の目を見ない（むろん、《人間喜劇》にも採用されなかった）。そして二つの短編は、別の道を歩むのだ。『グランド・ブルテーシュ奇譚』は、運命にというか、作者のご都合主義にもてあそばれる。まずは一八三七年、ヴェルデ書店刊の《一九世紀風俗研究》の第七巻、「地方生活情景　三」に、『グランド・ブルテーシュ、あるいは三つの復讐』として収録される。「三つの復讐」とあることからも想像がつくように、今度は、『ボーヴォワールの騎士』『スペインの大貴族』という二つの短編──この二編も、当然ながらリサイクル──と合体させられる。一八三九年の、シャルパンチエ版「地方生活情景」第二巻にも、この形で収録される。ところが一八四三年、フュルヌ版《人間喜劇》第六巻の「地方生活情景」に、長い埋め草が必要となった作家は、せっぱ詰まったあげく、中編『田舎ミューズ』というパッチワークをでっち上げた（邦訳は、《バルザック全集》第二二巻所収、東京創元社、一九七三年）。その際に、「三つの復讐」のうち『ボーヴォワールの騎士』と『スペインの大貴族』は組み込まれたものの、『グランド・ブルテーシュ』は外されたのである。その『田舎ミューズ』で、医師ビアンションが『グランド・ブルテーシュ』の挿話を語るシーンが出てくるが、これは、除外された秀作への密かな目配せにほかならない。

『グランド・ブルテーシュ奇譚』が独立をはたすのは一八四五年、フュルヌ版《人間喜劇》第四巻の「私生活情景」においてである。初出から一三年を経て、ようやく作品として独り立ちをはたすのだ。

ところが、まだ先がある。この短編には、トレード話が待ち受けていたのだ。そのことは、すでにフュルヌ版『グランド・ブルテーシュ奇譚』に、「『続女性研究』の結末」と副題が付いていることからも予想がつく。フュルヌ版の《人間喜劇》には、バルザック本人の加筆・訂正が加えられたものが残されている。この「フュルヌ訂正版 Furne corrigé」は、諸版の底本とされるのだが、そこには、『グランド・ブルテーシュ奇譚』を、副題を外した上で、『続女性研究』の後半に入れよとの指示が書かれているではないか。そこで、プレイヤード版を始めとして、現在の《人間喜劇》の諸版においては、『グランド・ブルテーシュ奇譚』は、『続女性研究』のなかに吸収合併されることになる。この『続女性研究』は、最近、優れた飜訳も刊行されている（加藤尚宏訳、《バルザック幻想・怪奇小説選集3》所収、水声社、二〇〇七年）。このように複雑な事情があるものだから、訳者としては、『グランド・ブルテーシュ奇譚』を独立した作品として紹介したく思ったのである。

語り手の医師ビアンション――そのように名指しされることはないが――が、狂言回しの役をつとめる。舞台は、かつてバルザック少年が寄宿舎暮らしを経験したヴァンドームの町。町はずれには、荒れはてた大きなお屋敷が建っている。なにか、秘密がありそうだ。「わたし」――ビアンションである――は、敷地内に忍びこんでは、この館に閉じこめられているドラマを想像する。やがて、公証人、宿屋の女将、かつて屋敷に仕えていた小間使いの三人が、打ち明け話を引き継いでいく。それは恐ろしい事件なのだった。「あそこにはだれもいないと、きみは十字架にかけて誓ったではないか」という、最後のことばに身震いする読者も多いにちがいない。寝取られ亭主をまんまと騙してしまう、『デカメロン』流の「嘲笑文学《ベッファ》」の対極に位置する、恐怖文学の傑作ではないだろうか。

飜訳にあたっては、水野亮訳（『海邊の悲劇』所収、岩波文庫、一九三四年）、高山鉄男訳（《世界文学全集21 バルザック——ゴリオ爺さん他》所収、集英社、一九七八年）を参照した。

◆『ことづて』Le Message（《人間喜劇》第一部「風俗研究」・「私生活情景」の一編）

乗合馬車の屋上席で知り合った「わたし」と「彼」は、ともに熱烈なる恋愛のさなかにあった。そこで、この二人の若者は、おのれの愛の大きさを、その狂気の度合いを告白しあう。ところが馬車が横転して、「彼」は死んでしまう。「わたし」は、家に行って恋人——人妻である——からの手紙を受け取り、彼女に返してほしいという「彼」の遺言を実行する。

原稿は、ロヴァンジュル文庫に残されている。初出は、「両世界評論 La Revue des Deux Mondes」の一八三二年二月一五日号で、原稿料は一〇〇フランであったという。その後、『グランド・ブルテーシュ奇譚』との抱き合わせで、『忠告』として刊行されたことは、すでに述べたとおりである。『ことづて』は悲劇とはいえ、甘美な趣もあって、『グランド・ブルテーシュ奇譚』のように衝撃的な作品ではない。『ことづて』は「『グランド・ブルテーシュ奇譚』の導入部と引き立て役を演じている」という、ニコル・モゼの評もうなずける（プレイヤード版解説）。とはいえ、愛すべき小品であると思う。

『ことづて』はすぐに独り立ちして、一八三三年、ベシェ版《一九世紀風俗研究》第六巻、「地方生活情景　二」に収められる。一八三九年にも、シャルパンチエ版の「地方生活情景」第二巻に収録される（直後に、『グランド・ブルテーシュ、あるいは三つの復讐』が収められている）。こうして一八四二年、フュルヌ版《人間喜劇》の「地方生活情景」第二巻でも、しっかりと場所を確保する。つまり、『グランド・ブルテーシュ奇譚』と『ことづて』のうち、むしろ地味な短編が、最終的には独立を達成したことになる。

飜訳にあたっては、水野亮訳「ことづけ」（『知られざる傑作』所収、岩波文庫、一九六七年）、高山鉄男訳（《世界文学全集21　バルザック――ゴリオ爺さん他》所収）を参照した。

◆『ファチーノ・カーネ』Facino Cane《人間喜劇》第一部「風俗研究」・「パリ生活情景」の一編）

原稿は残っていない。初出は、「クロニック・ド・パリ」紙一八三六年三月一七日号で、翌年、デロワならびにルクー書店版「哲学研究」第一二巻に収録されている。その後、一八四三年、スーヴラン書店刊の『地方の秘密』（当時、新聞連載で大評判となっていた、シュー『パリの秘密』にあやかったタイトル）という作品集の第四巻に、『カネ爺さん Le Père Canet』として収められた。その翌年、フュルヌ版《人間喜劇》の第一〇巻、「パリ生活情景 二」に収録される。

作者バルザックの分身とおぼしき「わたし」が、バスチーユ広場近くの屋根裏部屋で勉強にいそしんでいた頃の話である。「わたし」の気晴らしは、場末の町に出かけて民衆の心に入り込み、彼らの人生と融合することであり、「群衆と沐浴する」「群衆と結婚する」というボードレールの主題（『パリの憂鬱』「群衆」）を先取りする注目すべき作品。とある婚礼に出席した「わたし」は、近くのカンズ＝ヴァンの盲人院――バスチーユ・オペラの隣で、現在は眼科の総合病院となっている――から派遣されてきた楽士の一人が妙に気になって、その老人の人生に入りこもうとする。やがて、この落魄《らくはく》のヴェネツィア貴族が告白を始める。彼はなぜ盲目になってしまったのか？人間の「欲望」と「生命」との相関を描いた、幻想的な短編。「哲学的研究」の傑作『あら皮』の主題が凝縮されているかに思われる。そういえば「人間喜劇総序」においてバルザックは、『あら皮』を、「哲学的研究」を「風俗研究」と結びつける「幻想的な環」だと規定していた。『ファチーノ・カーネ』は、その環に強くつながれている。

なお、作中でも述べられるが、この老楽士のはるか遠い祖先は、実在する有名な傭兵隊長ファチーノ・カーネ（一三五八年〜一四一二年）ということになっている。ブルクハルトの『イタリア・ルネサンスの文化』でも、強力な傭兵隊長の典型として話題となる人物で、ヴィスコンティ家のミラノと対抗する存在であったが、その死後、「未亡人、傘下の諸都市、四〇万ドゥカートの金貨とともに」ヴィスコンティ家に吸収されてしまったと、偉大な歴史家は記している。老楽士ファチーノは、その生まれ変わりとして黄金への欲望と透視力を備えて現れたものの、「あら皮」を使い果たしてしまったようだ。

木村壮五訳『黄金』（「三田文学」、一九一七年）が本邦初訳だが、英語からの重訳であるらしい。飜訳にあたっては、石井晴一訳（〈バルザックの世界〉、「ユリイカ」一九九四年一二月号、青土社）を参照した。

この短編を論じた興味深い論考として、次のものを挙げておきたい。柏木隆雄「黄金の夢の彼方に――『ファチーノ・カーネ』の幻視」（『謎とき「人間喜劇」』所収、ちくま学芸文庫、二〇〇〇年）。

◆『マダム・フィルミアーニ』Madame Firmiani〈《人間喜劇》第一部「風俗研究」・「私生活情景」の一編〉

草稿は、ナンシー市立図書館に二枚だけ残っているとのこと。初出は、「パリ評論 La Revue de Paris」の一八三二年二月一九日号だから、『ことづて』のわずか四日遅れということになる。同年、ゴスラン書店刊『新哲学コント集』に収録された（『コルネリウス卿』『赤い宿屋』と共に）。そして一八三五年、ベシェ書店版《一九世紀風俗研究》第一二巻に、今度は「パリ生活情景」として収められ、一八三九年のシャルパンチエ版「パリ生活情景」第一巻にも入れられた。しかしながら最終的には、フュルヌ版《人間喜劇》の第一巻「私生活情景」に分類された（一八四二年）。

やや風変わりな作品である。冒頭、フィルミアーニ夫人の世間での評判をめぐって、パリのさまざまな人種の発話が紹介される。「実証主義者」「遊歩者」から始まって、「リセの生徒」「気どり屋」「上流人士」を経て、「反論人種」「羨ましがり屋」まで、一七種族の反応が列挙される。こうして、パリの噂の博物誌を披露してから、おもむろに物語が始まる。

青年オクターヴが、遺産をつぎ込んでまでして、愛しているという人妻フィルミアーニ夫人とは？　一七通りの答えによっても、彼女の正体は不明のままだ。真相をつきとめようとしてパリに出てきた伯父に、「ぼくたちは、あのグレトナ・グリーンで結婚したんですよ」とオクターヴが告白する。グレトナ・グリーンとは、許されざるカップルが駆け落ちして結婚する、スコットランドの寒村の名前だ。はたして二人は、本当に海峡を渡って、遠くスコットランドくんだりまで行ったのだろうか？　あるいは単に「ぼくらはひそかに結婚しているんですよ」と、符牒めかしていっただけなのだろうか？　このへんも曖昧ではないだろうか。なにしろ、フィルミアーニ夫人の夫は、正式な死亡確認がなされていないのだし、これが物語の鍵になっているのだから。ハッピーエンドを迎えても、謎が残るというか、釈然としない部分が残る短編である。真実は愛する二人のなかにあるのだろう。

本邦初訳と信じていたが、原政夫『日本におけるバルザック書誌』（駿河台出版社、一九六九年）という労作を繙《ひもと》いてみると、水野亮訳（『バルザック小説集』所収、春陽堂、一九二四年）、岡部正孝訳（『バルザック人間劇叢書』第二巻所収、東苑書房、一九四二年）と、二度も翻訳されていることが判明して、びっくりした。ただし、この二つの旧訳を披見することはできなかった。

以上の四つの短編は、いずれも、「フュルヌ訂正版」にもとづくプレイヤード版《人間喜劇》全一二巻を底本としている。『グランド・ブルテーシュ奇譚』の扱いについては、すでに述べたとおりである。

◆「書籍業の現状について」De l'état actuel de la librairie

新聞王ジラルダンを筆頭株主にして創刊された書評中心の週刊誌「フユトン・デ・ジュルノ・ポリティック」に連載された、重要な文章である。革命以後、読者層は拡大して、「読書は必需品のひとつ」となり、コミュニケーションのスピードアップとともに、出版が貴族的・特権的なふるまいではなく、ごく一般的なことになってきたという現状認識がまず示される。芸術家は、パトロネージという制度から解放されて、読者公衆から評価され、作品の対価を金銭で受領する時代が訪れたのである。「公開市場は、読者公衆というかたちで詩人の前に現れる。（中略）読者公衆は、ボードレールにおいて史上はじめて視野に入ってくる」というベンヤミンのテーゼ（「セントラルパーク」久保哲司訳、『ベンヤミン・コレクション1』所収、ちくま学芸文庫、一九九五年）を想起させられると同時に、ここでも、ボードレールの先駆者としてのバルザックの透視力に驚かずにはいられない。とはいってもバルザックの場合は、ここから先の行動がいかにも彼らしい。読者とのダイレクトな関係性の構築を夢想する彼は、「直販方式」という新機軸で大もうけしようとの山師根性から、「ブッククラブ」という会員制の予約販売を始めようと考える。そして出資者をつのり実行に移そうとするものの、例によって挫折を味わうのである。この評論は本邦初訳だと思う。底本は次のプレイヤード版である。

Balzac, *Œuvres diverses*, Tome II, Gallimard,1996.

なお、「ブッククラブ」というアイデアを始めとして、バルザックと出版・ジャーナリズムに関しては、次の拙稿および関連作品を参照されたい。

宮下志朗「発明家の苦悩——バルザックとブッククラブ」（『読書の首都パリ』所収、みすず書房、一九九八年）
同「〈雲の王者〉あるいは市場の作家たち」（『書物史のために』所収、晶文社、二〇〇二年）
バルザック『ジャーナリズム性悪説』（鹿島茂訳、ちくま文庫、一九九七年）

バルザック年譜

・作品の公刊に関する情報は、原則として各年の最後に、＊を付してまとめてある（「刊行」は単行本を、「発表」は新聞・雑誌媒体を示す）。
・（→『ファチーノ・カーネ』『あら皮』）とある場合は、当該のできごとや人物が、バルザックの作品に、直接・間接に反映されていることを示す。

一七九九年

五月二〇日、オノレ・バルザック、トゥールで生まれる。父親のベルナール＝フランソワ（五二歳）は、当時、陸軍第二二師団に勤務、母親アンヌ＝シャルロット＝ロールは、パリの裕福な商家の娘で、まだ二〇歳の若さであった。前年に、長子ルイ＝ダニエルが生後一か月で死去しており、オノレは、実質的には長男である。四歳まで、ロワール河対岸のサン＝シール＝シュル＝ロワール村に里子に出される。

一八〇〇年　一歳

九月二九日、妹、ロール誕生。オノレと同じ家に里子に出される。

一八〇二年　三歳

四月一八日、妹、ローランス誕生。

一八〇三年　四歳

一月、父ベルナール＝フランソワが、トゥール市の救済院理事に任命される（一八一四年まで在任）。
一二月二三日、ベルナール＝フランソワ、トゥール市の助役に任命される（一八〇八年まで在任）。

一八〇四年　五歳
一月六日、エヴェリーナ＝コンスタンス＝ヴィクトワール（一八〇四～一八八二年）、ポーランドの名門貴族の娘として生まれる（ハンスカ夫人、のちのバルザック夫人だが、その生年に関しては一八〇一年説などもある）。
四月、オノレ少年は、トゥールのル・ゲー私塾に入る。

一八〇七年　八歳
六月二二日、ヴァンドームのオラトリオ修道会のコレージュに入り、以後、六年間寄宿生活を送る。
ベルナール＝フランソワは、『盗みや殺しを予防するための方策』という小冊子を、地元のマーム書店から出版（以後も、何冊かの著作を上梓）。
一二月二一日、弟、アンリ誕生。サシェの大地主で、バルザック家の友人であるジャン・ド・マルゴンヌが実の父親とされる。

一八〇九年　一〇歳
四月、ラテン語作文で二等賞を獲得。

一八一三年　一四歳
四月二二日、ヴァンドームのコレージュを退学する。この年の夏、短期間、パリのマレー地区にあるガンセール学院に入寮するとともに、コレージュ・シャルルマーニュの授業も受ける。

一八一四年　一五歳
夏のあいだ、トゥールのコレージュに

通う。
一一月一日、父親がパリ師団の糧秣部長に任命されたのに伴い、マレー地区のタンプル通り四〇番地（現在では一二二番地）に移り住む。オノレは、近くのルピートル学院に入れられる（→『谷間の百合』）。

一八一五年　一六歳
一〇月、ガンセール学院に入寮。コレージュ・シャルルマーニュの授業も聴講していた。

一八一六年　一七歳
コキエール通りの代訴人ギヨネ＝メルヴィルの事務所に、見習いとして入る。
一一月、パリ大学法学部に登録し、文学部の講義にも出る。

一八一七年　一八歳
夏、パリ北東リラダンの町長フィリップ・ド・ヴィリエ＝ラ・ファーユ宅に滞在。一家の知り合いであった。

一八一八年　一九歳
三月、ギヨネ＝メルヴィル事務所をやめて、公証人ヴィクトール・パセ氏の事務所に移る（タンプル通り）。パセ氏はバルザック一家と同じ建物に居住し、両親とも知り合いとなっていた。夏、昨年同様リラダン町長のところで過ごす。法律よりも哲学に引かれて、ラ・メトリの唯物論の影響などを受けた、『霊魂の不滅に関する覚え書き』を執筆。

一八一九年　二〇歳
一月四日、「法学バカロレア」を取得。

四月、父親は退職して、年金生活者となる。

夏、公証人パセ氏の事務所を退職して、夏をリラダン町長宅で過ごす。一家はパリ北東郊外のヴィルパリジに転居する。

オノレは、文学者となるべく、パリ市内にとどまり、レディギエール通り九番地の屋根裏部屋（↓『ファチーノ・カーネ』『あら皮』）で文学修行。アルスナル図書館で、デカルト『哲学原理』『省察』、マルブランシュ『真理の探究』を読んで、ノートをとる。

八月一六日、父の弟のルイ・バルッサ、農場の娘を妊娠させて、殺害した罪によりアルビでギロチンに処せられる（冤罪か）。

九月、悲劇『クロムウェル』に着手。

一八二〇年　二一歳

四月、『クロムウェル』を脱稿するも、上演も、出版もされず。

中世の物語『ファルチュルヌ』を書き始めるも、未完に終わる。

五月一八日、妹ロールと、土木技師ウージェーヌ・シュルヴィルの結婚式に参列。

書簡体小説『ステニーあるいは哲学的あやまち』を執筆するも、未完に終わる。

レディギエール通りを引き払って、ヴィルパリジの実家に戻る。ただし、一家はマレー地区（ポルト＝フォワン通り一七番地）にも部屋を確保していたから、そこにしばしば泊まる。

一八二一年　二二歳

四月から五月、フィリップ・ド・ヴィリエ＝ラ・ファーユ宅に、最後の滞在。

五月、この頃、雑文業者オーギュスト・ルポワトヴァンと知り合い、通俗小説の合作を開始する。

九月一日、妹のローランス、貧乏貴族ド・モンゼーグル氏と結婚。

秋、七年ぶりに、生まれ故郷のトゥーレーヌ地方に行く。

ヴィルパリジで、向かいの屋敷のベルニー夫人（旧姓ロール・イネール、一七七七〜一八三六年）に、娘たちの家庭教師を頼まれる。

一八二二年　二三歳

五月、猛烈にアタックしたあげく、ベルニー夫人を陥落させる。

五月から八月、ベルニー夫人とのことを母親に気づかれ、ノルマンディ地方のバイユーに住む妹ロール夫婦のところに送られる。シェルブールなどにも出かける。

夏、『アルデンヌの助任司祭』『百歳の人』の出版契約（二〇〇〇フラン）。

一〇月末、バルザック一家は、マレー地区のロワ＝ドレ通り七番地に引っ越す。

＊『ビラグ家の跡取り娘』『アルデンヌの助任司祭』『百歳の人』など、通俗小説を刊行。

一八二三年　　二四歳
一月二四日、前年に完成した三幕のメロドラマ『黒人』の上演をゲーテ座にもちかけるも、断られる。
夏、トゥーレーヌ地方のトゥール、サシェ、ヴーヴレに滞在。
＊『最後の妖精』刊行。

一八二四年　　二五歳
六月二四日、一家は、かつて住んでいたヴィルパリジの家を購入して、転居する。
八月、バルザックは、カルチエ・ラタンのトゥルノン通り二番地で一人暮らしを始める。
＊『アネットと罪人』『長子権について』『イエズス会の公正なる歴史』を刊行。

一八二五年　　二六歳
ベルニー夫人などから資金援助を受けて、ユルバン・カネルと共同で出版社を設立する。

四月、ノルマンディ地方のアランソンに向かい、版画家ピエール・フランソワ・ゴダールと交渉。

モリエールやラ・フォンテーヌの挿絵入り縮刷版全集を刊行するも、売れ行きは思わしくない。

この頃、妹ロールの紹介で、社交界の花であったダブランテス公爵夫人（一七八四〜一八三八年）と知り合い、翌年には関係が成立する。

八月一一日、下の妹ローランスが死ぬ。

九月から一〇月にかけて、トゥーレーヌ地方に滞在。
＊『ヴァン・クロール』『紳士の作法』を刊行。

一八二六年　二七歳

三月、職工長のアンドレ・バルビエと組んで、ジャン＝ジョゼフ・ローランスの印刷所を買収する。

六月一日、印刷業者の免許を取得して、マレ＝サン＝ジェルマン通り一七番地（サン＝ジェルマン＝デプレ教会の北側、現在のヴィスコンティ通りで、プレートが掲げてある）で印刷業を始める。

八月、家族はヴェルサーユに転居。

九月、債権の取り立てのために、ランスに向かう。

一八二七年　二八歳

七月一五日、ジャン＝フランソワ・ローラン、アンドレ・バルビエと共同で、活字鋳造にも乗り出す。ベルニー夫人が出資。

九月一九日、競売で活字鋳造設備入手。ユルバン・カネルが発行する「ロマン主義年報」の印刷を手がけることで、ロマン派の結社セナークルのヴィクトル・ユゴーなどと親交を結ぶ。

ヴェルサーユの妹ロールの家で、ジュルマ・カロー夫人（一七九六〜一八八九年）と知り合い、知性あるこの女性と意気投合する。

一八二八年　二九歳

事業の失敗と、文学への回帰の年で

ある。

二月三日、印刷業、活字鋳造業が破綻して、バルビエが抜け、ローラン゠バルザック゠ベルニエ商会となる。

四月、バルザックは、債権者の手を逃れて、義弟名義でカッシーニ通り一番地（パリ天文台の北）の部屋を借りる。

四月一六日、バルザックの活字鋳造所は解散、ベルニー夫人の息子のアレクサンドルとローランが新会社を引き継ぐ。

八月一六日、いとこの判事シャルル・セディヨの手をわずらわせ、印刷会社の清算手続きが終わる。会社を六万七千フランで売却し、結局、六万フランの負債が残る。


印刷、出版、活字鋳造のすべてに失敗して、あとに残るは文学だけとなる。

九月から一〇月、ブルターニュ地方フージェールのポムルール将軍――父の友人――の屋敷に滞在して、「ふくろう党」（ブルターニュ地方で反革命として蜂起した王党派）を主題とした小説の資料を集める。

一八二九年 三〇歳

この年、ジュルマ・カロー夫人との交友・文通が始まる。

ダブランテス公爵夫人、レカミエ夫人、ソフィー・ゲー、ジェラール男爵などのサロンに出入りするようになる。

三月、『最後のふくろう党、あるいは一八〇〇年のブルターニュ』を「オノレ・バルザック」と、実名ではじめて刊行する(タイトルはのちに『ふくろう党』となり、《人間喜劇》に入る最初の小説に。初版一〇〇〇部、印税は一〇〇〇フラン。年末までに半分ほどしか売れなかった)。

六月一九日、父親のベルナール=フランソワが死去(享年八三)。

この頃から、あちこちのサロンに頻繁に出入りする。

一二月、『結婚の生理学』を刊行し、予想外の好評を博す。

一八三〇年　　三一歳

ジャーナリズムでの活躍が始まる。

「パリ評論」「両世界評論」「モード」「ヴォルール」「カリカチュール」などに寄稿。ペンネームとして「オノレ・ド・バルザック」を採用する。

二月二五日、ユゴー、古典主義演劇の牙城コメディ・フランセーズで自作『エルナニ』を上演して、成功を収め、ロマン主義の勝利を象徴する日となる。バルザックも、ネルヴァルらと参加したが、執筆した劇評ではむしろ厳しい見方を示した。

三月、エミール・ド・ジラルダン(その後の新聞王)、バルザック、ヴァレーニュ、オージェの四人で、書評中心の週刊誌「フユトン・デ・ジュルノ・ポリティック」を創刊(資本金一〇万フランのうち、バルザックは一万フランを出資)。『書籍業の現状について』(本書に収録）などを寄稿して奮闘するも、一一号で廃刊の憂き目にあう。

五月末頃、ベルニー夫人とロワール河を下り、トゥール郊外サン＝シール＝シュル＝ロワール（かつて里子に出された村）の「ざくろ屋敷」に滞在（↓『ざくろ屋敷』）。また、塩田で知られるブルターニュのゲランドも訪れる（↓『海辺の悲劇』『ベアトリックス』）。九月一〇日、パリに戻る。

秋、シャルル・ノディエのサロンの常連となる（ユゴー、ラマルチーヌ、デュマ、ミュッセ、スタンダール、サント＝ブーヴ、ドラクロワなど、錚々たる顔ぶれ）。

〈ド・パリ〉〈テュルク〉〈トルトーニ〉などの有名カフェにも、出入りする。
＊『復讐』『不品行の危うさ』（のちの『ゴプセック』）『ソーの舞踏会』『栄光と不幸』（のちの『鞠打つ猫の店』）を刊行。『不老長寿の薬』『優雅な生活論』『サラジーヌ』などを発表。

一八三一年　三二歳
伝説ともなった、猛烈な執筆活動の開始である。
この年は、数度にわたり、フォンテーヌブローの森の南の、ベルニー夫人の所有地に滞在する。
三月九日、センセーションを巻き起こした、ヴァイオリニストのパガニーニのパリでのデビュー演奏会を聴く。

六月一日、ジラルダンとデルフィーヌ・ゲーの結婚式の立会人となる。

八月、『あら皮』を刊行し、作家としての名声が高まる。

九月、中古のカブリオレ（軽二輪馬車）と馬を購入し、カッシーニ通りの大きなアパルトマンを借りる。

一〇月、有名なカストリー侯爵夫人（かつて、オーストリア首相メッテルニッヒの息子ヴィクトールと同棲していた）から、匿名のファンレター。

一〇月から一二月、トゥール南郊サシェのマルゴンヌ氏――弟アンリの実父とされる――の城館（現在、バルザック記念館）に滞在。以後も、ここが気に入って、しばしば滞在し、執筆している。

一二月、アングレームのジュルマ・カロー夫人のもとに滞在。以後、一八三八年まで、合計六回、滞在することになる。
＊『あら皮』『知られざる傑作』『徴募兵』を刊行。『赤い宿屋』を発表。

一八三二年　三三歳

二月一五日、「両世界評論」に、『ことづて』を発表。

二月一九日、「パリ評論」に、『マダム・フィルミアーニ』を発表。

二月二八日付、オデッサの消印により、〝異国の女〟からのファンレター（当時のロシア帝政はユリウス暦であり、現行暦の三月一一日とされる）。二万ヘクタールの領地に、三千人の農奴を抱えるウクライナはヴェルホヴニャ（キエフの南西）の大農場主ヴァーツワフ・ハンスキ伯爵の妻、エヴェリーナ・ハンスカからの最初の手紙である。

五月、自由主義者から正統王朝主義者に転向し、代議士の座をも狙おうとする。『ことづて』と『グランド・ブルテーシュ奇譚』が、『忠告《ル・コンセーユ》』として組み合わされて刊行される。

五月末、自家用馬車から落ちて、頭部を負傷する。

六月六日、サシェの館に行き、一か月あまり滞在、『ルイ・ランベール』を仕上げる。以後、一二月まで、パリから離れて暮らす。

七月後半から、アングレームのジュルマ・カロー夫人の屋敷に一か月あまり滞在。

八月末、カストリー侯爵夫人の滞在する、サヴォワ地方の保養地エクス＝レ＝バンに向かう。彼女と関係を結ぼうとするも、拒まれる。この地で、ジェームズ・ド・ロートシルド男爵と知り合う。

一〇月一四日、カストリー侯爵夫人とその息子たちと共にジュネーヴに向かうも、そこで二人は破局を迎える（↓『ランジェ公爵夫人』）。失意のあまり、フランスに戻り、ベルニー夫人の胸元へ。
＊『風流滑稽譚』第一集『マダム・

フィルミアーニ』『コルネリウス卿』『ルイ・ランベール』を刊行。『捨てられた女』『ざくろ屋敷』を発表。

一八三三年　　三四歳

四月中旬から五月中旬、アングレームのジュルマ・カロー夫人の屋敷に三度目の滞在(→『幻滅』)。

この頃、パリで、愛読者のマリアこと、マリア・デュ・フレネー(二四歳の人妻)という〝純な女〟と関係を結ぶ(→『ウジェニー・グランデ』)。

九月二二日、パリを出発し、二五日、スイスのヌーシャテルで、夫と旅行中のハンスカ夫人に初めて対面する。ハンスキ伯爵にも気にいられ、以後は、「表の手紙」と「裏の手紙」を使い分ける。

一〇月一日、ハンスキ夫妻と別れて、一度、パリのカッシーニ通りに戻る。

一二月一九日、パリを発って、二四日にジュネーヴに到着し、クリスマス・プレゼントとして『ウジェニー・グランデ』の原稿を夫人に贈る(現在、ニューヨークのピアポント・モルガン・ライブラリー所蔵)。翌年二月まで滞在。

＊『風流滑稽譚』第二集、『田舎医者』『ことづて』『ウジェニー・グランデ』を刊行。『フェラギュス』『歩き方の理論』を発表。

一八三四年　　三五歳

一月二六日、ハンスカ夫人との「忘れ

えぬ日」。

二月八日、ジュネーヴを発って、一一日にパリに帰る。やがて、ハンスカ夫人一家もジュネーヴを離れて、イタリア旅行をしたのち、ウィーンへ。

この頃、自作を「風俗研究」「哲学的研究」「分析的研究」の三部構成で体系化するプランが成立し、やがて『ゴリオ爺さん』で、「人物再登場」の手法を初めて用いる（「風俗研究」は、「私生活情景」「地方生活情景」「パリ生活情景」「政治生活情景」「軍隊生活情景」「田園生活情景」という六つの情景《シーン》に分かれる）。

四月二〇日、コンセルヴァトワールホール（現存せず）で、ベートーヴェン『運命』を聴く（→『セザール・ビロトー』）。

六月四日、〝愛読者マリア〟、バルザックとのあいだにできた娘を産む。

この頃、オペラ座やイタリア座にボックス席を確保、またコンサートなどにも通う。

七月二四日、ベルニー夫人のところに行き、一週間滞在。

九月二五日頃、サシェの館に向かい、『ゴリオ爺さん』の執筆開始。一〇月一〇日にパリに戻る。

一〇月末、友人の作家ジュール・サンドー（ジョルジュ・サンドの恋人）が、カッシーニ通りのバルザックの家に引っ越す。

秋、おそらくオーストリア大使館で、グイドボーニ＝ヴィスコンティ伯爵夫人を知る。
＊『絶対の探究』『ランジェ公爵夫人』『金色の眼の娘』第一章、『ざくろ屋敷』『海辺の悲劇』を刊行。『ゴリオ爺さん』を発表。

一八三五年　　三六歳

一月六日、『ゴリオ爺さん』の版権を三五〇〇フランで売る（一二〇〇部）。

一月末、心臓病で苦しむベルニー夫人を見舞い、一〇日ほど滞在。

三月初め、債鬼が集まるアパルトマンから逃れるべく、「近づきがたい小部屋」として、バタイユ通り一三番地（現在のパリ一六区、イエナ大通り）に偽名で仕事場を借りる。この頃、グイドボーニ＝ヴィスコンティ伯爵夫人と愛人関係に。彼女はその後、債権者から逃げまわるバルザックを庇護する。

四月から五月、パリ郊外のムードンに滞在（理由は不明）。

五月九日、ハンスカ夫人と会うためウィーンに行って、三週間滞在し、メッテルニッヒなどにも歓迎される。

六月四日、ウィーンを離れ、ミュンヘン経由でパリへ（その後、夫人とは八年間会うことはない）。

六月一一日、パリに帰り、ウィーンで託された外交文書を外務省に届ける。

六月一六日から二一日、八月三一日から九月八日、グイドボーニ＝ヴィスコンティ伯爵夫人と二度にわたり、北フランスの港町ブーローニュ＝シュル＝メールに行く。

一〇月一九日、病床のベルニー夫人を見舞って、『谷間の百合』を読み聞かせる。彼女と会うのは、これが最後となる。

一二月二四日、新聞事業に目をつけて、「クロニック・ド・パリ」紙の所有権の一八分の六を取得。

*『ゴリオ爺さん』『金色の眼の娘』『ルイ・ランベール』『セラフィータ』を刊行。『谷間の百合』第一部・二部を発表。

一八三六年　三七歳

一月から六月、『谷間の百合』がロシアの雑誌に掲載された件をめぐり、「パリ評論」「両世界評論」を発行するフランソワ・ビュロと訴訟合戦になる（作家は印税はすでに手にしていたが、未校正のテクストが発表されてしまった）。結局、バルザック側のほぼ全面勝訴となる（六月三日）。

三月一七日、「クロニック・ド・パリ」紙に『ファチーノ・カーネ』を発表する。

四月二七日、国民軍への応召義務不履行により、一週間収監される。

六月一九日、パリを脱出してサシェに滞在し、『幻滅』に着手する。

七月一五日、「クロニック・ド・パリ」紙が経営破綻して、バルザックは四万六〇〇〇フランの損失をこうむる。

七月二六日、グイドボーニ＝ヴィスコンティ伯爵夫人の遺産相続の代理人となり、作家志望の〝田舎ミューズ〟こと、人妻のカロリーヌ・マルブーティ（→『田舎ミューズ』）を男装させて、トリノに向かう。

七月二七日、ベルニー夫人死去。

八月二二日、マッジョーレ湖、ジュネーヴを経てパリに戻って、はじめてベルニー夫人の死を知り、悲嘆にくれる。

九月三〇日、債権者を逃れるべく、カッシーニ通りのアパルトマンを完全に放棄する。

一〇月二三日から一一月四日、ジラルダンの「プレス」紙に、『老嬢』を一二回にわたって連載（フランスで最初の新聞連載小説！）。以後、バルザックは多くの作品を日刊紙に載せるようになる。

一一月一五日、出版業者デロワとルクーとの契約金五万フランで、借金の穴埋めをおこない、窮地から脱する。

一一月二〇日から一二月一日、再びサシェに滞在。一一月二六日には、タレイランと会食する。
＊『谷間の百合』刊行。

一八三七年　　三八歳
二月一九日、グイドボーニ＝ヴィスコンティ家の遺産相続問題で、ミラノを訪れて、裁判を和解にもちこむ。ミラノの社交界から歓迎され、クララ・マッフェイ伯爵夫人などと出歩き、スカラ座での観劇を楽しむ。三月一日、『いいなづけ』の作者アレッサンドロ・マンゾーニを表敬訪問。三月一四日から一九日、ヴェネツィア滞在（↓『マッシミッラ・ドーニ』）。その後、ジェノヴァ、フィレンツェ、ボローニャ（ロッシーニを訪問）、コモ湖、ルツェルンなどを経て、五月三日に、パリに戻ると、債権者から逃れるべく、グイドボーニ＝ヴィスコンティ邸に身を隠して、執筆。

八月半ば、サシェに向かい、月末まで滞在。

九月一六日、パリの西の郊外ヴィル＝ダヴレーの、通称レ・ジャルディに、土地付きの家を購入し、その後、投機目的で土地を買い増す。

＊『幻滅』第一部、『セザール・ビロトー』『風流滑稽譚』第三集を刊行。

一八三八年　三九歳

二月、アンドル県ノアンのジョルジュ・サンドを訪問。

三月から六月、前年のイタリア旅行の際に、サルデーニャ島の銀山発掘という儲け話を聞かされて、採掘権を獲得せんと、トゥーロン、コルシカ島経由で現地に向かうも、失敗に終わる。

六月七日、ダブランテス公爵夫人死す。

七月、パリ西郊レ・ジャルディ荘に転居する。

一二月、バルザック、前年に設立された文芸家協会に加盟する。
＊『しびれえい』（『娼婦の栄光と悲惨』第一部）を刊行。『骨董室』を発表。

一八三九年　四〇歳

一月ないし二月、リシュリュー通り一〇八番地（証券取引所の近く）に、パリでの仮宿を借りる。

一月二四日、国民軍への義務不履行により、二度目の収監。

七月二二日、レ・ジャルディ荘を、ユゴーとレオン・ゴズランが訪れる。

八月一六日、文芸家協会の第三代の会長に選出され、著作権の確立などに尽くす。

八月三〇日、旧知の公証人セバスチャン・ブノワ・ペーテルの妻と召使いが殺された事件で、ペーテルに有罪判決がくだるが、バルザックは冤罪として、行動を開始する。

九月七日、画家のガヴァルニとともにパリを発って、ブルゴーニュ地方のブール＝カン＝ブレスに向かい、八日にはガヴァルニが、九日にはバルザックが、獄中のペーテルと面会。一〇日には、犯行現場を訪れる。その後、「シエークル」紙に論説を発表するも、一〇月二八日に、死刑執行。

一〇月二二日、文芸家協会会長として、ルーアンでの海賊版をめぐる裁判で証言をおこなう。
＊『骨董室』『パリにおける田舎の偉

人』(『幻滅』の第二部)を刊行。『村の司祭』を発表。

一八四〇年　四一歳

一月、某編集者への手紙で、初めて《人間喜劇》というシリーズの総題が出現する。

三月一四日、検閲で差し止めとなった戯曲『ヴォートラン』を、ポルト＝サン＝マルタン座で初演するも、ただちに禁止命令が出される。

七月、個人編集の月刊誌「ルヴュ・パリジェンヌ」(一二五ページで、価格は一フラン)を創刊し、『Z・マルカス』『ベール氏研究』(『パルムの僧院』を絶賛した評論)などを発表するも、九月の第三号で廃刊に。

九月一八日、レ・ジャルディ荘が差し押さえられる。

一〇月一日、パッシーのバッス通り一九番地(現在のレヌアール通り)の家を借りて、母親を呼び寄せる(現在のバルザック記念館である。建物の構造に高低差があり、執行吏がきたら、裏口、現在のマルセル・プルースト通りから逃げ出そうとの魂胆)。いわゆる〝家政婦〟のブリュニョル夫人と肉体関係ができてしまう。

＊『ピエレット』、戯曲『ヴォートラン』を刊行。

一八四一年　四二歳

一月一五日、文芸家協会の名誉会長に任命される。その後、著作権法制定に関する提言などを執筆。

四月から五月初め、ブロワ、オルレアン、ナントなどを旅行。

六月三日、ユゴーのアカデミー・フランセーズ入会式に参列。

一〇月二日、フュルヌ、エッツェルなど四人の出版業者と、《人間喜劇》の出版契約を結ぶ（各巻三〇〇〇部で、印税は一冊につき五〇サンチームであった。一八四二年から一八四六年にかけて、全一六巻が出る）。

一一月一〇日、ハンスカ夫人の夫ハンスキ伯爵が死去。
＊『村の司祭』『役人の生理学』を刊行。『ユルシュール・ミルエ』『二人の若妻の手記』第一部・二部を発表。
一八四二年　四三歳
一月、ハンスカ夫人からの手紙で夫の死を知らされ、彼女との結婚という悲願にとりつかれる。一方、夫人は、その後、夫の遺産の相続をめぐり、親族との裁判となる。

三月一九日、戯曲『キノラの策略』がオデオン座で初演されるも、不評に終わる。

四月一三日、ジョルジュ・サンドを訪問して、《人間喜劇》の「序文」を依頼するが、結局、彼女は執筆に至らず、バルザックが自分で執筆することになる。

六月二日、「ダゲレオタイプ」により肖像を撮影する。

六月二五日、《人間喜劇》第一巻「私生活情景」を刊行（『マダム・フィルミアーニ』が収録されている）。

七月、《人間喜劇》の「総序」が、予約購読者に配布される。

九月三日、《人間喜劇》第二巻「私生活情景」を刊行（『ことづて』が収録されている）。
＊『アルベール・サヴァリュス』『二人の若妻の手記』『続女性研究』、戯曲『キノラの策略』を刊行。『田舎で、男が独り身でいること』（『ラブイユーズ』第二部）を発表。

一八四三年　四四歳

三月二五日、パリ滞在中のアンデルセンと会う。

六月四日から七月初め、〝家政婦〟ブリュニョル夫人とパリ郊外のラニーに滞在。近くの印刷所で、『幻滅』の組版が進行中であった。

七月一八日、未亡人となったハンスカ夫人に会うべく、パリを出発して、ダンケルクからデヴォンシャー号に乗船し、二九日に、夫人が、遺産相続裁判で訪れているサンクト・ペテルブルグに到着。八年ぶりの再会をはたして、帝都に一〇月まで滞在。

八月二一日、帝国近衛兵の観兵式に立ち会うも、日射病にやられる。

九月一四日、ハンスカ夫人にプロポーズ。

一〇月八日、陸路、帰途につき、ベルリンでは、フンボルト、ティークなどと会見。以後、体調不良に。

一一月三日、パリに戻る。その後、ナカール医師の診察を受けるが、慢性髄膜炎との見立てであった。

この頃、ブリュニョル夫人と、ライン河地域、ベルギーへ旅行をしたらしい。

一二月、アカデミー・フランセーズへの立候補を断念する(翌年選出されたのは、サン゠マルク・ジラルダン)。

*『田舎ミューズ』『幻滅』『暗黒事件』そして『ジャーナリズム博物誌』を刊行。『オノリーヌ』を発表。

一八四四年　四五歳
一月二九日、シャルル・ノディエの葬儀に参列。

春先から健康がすぐれず、黄疸症状が現れて、ドイツでの温泉治療なども考える。こもりがちになるが、その分、せっせとハンスカ夫人に手紙を書く。

五月、ハンスカ夫人、相続問題が片づき、サンクト・ペテルブルグを離れて、ヴェルホヴニャに帰る。

六月一四日、ハンスカ夫人の娘アンナの家庭教師をしていたスイス人の「リレット」ことアンリエット・ボレルが、フランスで修道院に入りたいとの希望を抱いて、パリに出てくる。

八月、歯痛に苦しむ。

九月二八日、《人間喜劇》第一〇巻「パリ生活情景」を刊行(『ファチーノ・カーネ』が収録されている)。

一〇月、神経痛に苦しむ。

一一月、ハンスカ夫人、ウクライナを離れ、冬を過ごすためにドレスデンに向かう。

*『娼婦の栄光と悲惨』前半、『カトリーヌ・ド・メディシス解明』(のちの『カトリーヌ・ド・メディシス』)、『モデスト・ミニョン』を刊行。『農民』第一部を発表。

一八四五年　四六歳

ハンスカ夫人との旅行などで、執筆量が徐々に減少していく年である。《人間喜劇》の「総目録」を作成する(発表は翌年)。作品の総数は一三七、うち執筆予定が五〇編となっている(『従妹ベット』『従兄ポンス』『実業家』『ゴディサール二世』は、この目録にはない)。

一月二〇日、ダヴィッド・ダンジェ作の彫像が届く。

四月二四日、ミュッセ、フレデリック・スリエと共に、レジオン・ドヌール勲章を受ける。

四月二五日、ハンスカ夫人のいるドレスデンを目ざして、パリを出発する。

五月一日、娘アンナとその婚約者ムニーシェフ伯爵を連れたハンスカ夫人に再会する。なお、ムニーシェフ伯爵の先祖のマリーナは、イワン雷帝の息子を称した「僭称者ドミトリー」の妻である(メリメの史伝『贋のドミトリー』にも登場する)。

その後、ハンスカ夫人たちとはいった

ん別れて、七月七日にストラスブールで再び合流、パリに行く。ハンスカ夫人たちは、パッシーのラ・トゥール通りのアパルトマンに逗留する。ハンスカ夫人、パッシーの屋敷をあずかるブリュニョル夫人が、単なる「家政婦」ではないことに気づく。

七月末、いっしょにオルレアン、ブールジュ、トゥール、ブロワを旅行してから、またストラスブールへ。

八月一一日、ストラスブールを出発して、蒸気船エルベフェルト号でライン河を下り、デン・ハーグ、アムステルダム、ロッテルダム、アントウェルペンを経て、八月二七日にブリュッセルに入り、ここでハンスカ夫人一行と別れる。

八月三〇日、パリに戻る。ブリュニョル夫人に解雇を告げるも、その後も、二人の関係はダラダラと続く。

九月二四日、パリを離れて、郵便馬車で、ハンスカ夫人のいるバーデン＝バーデンに向かう。一〇月にいったん、パリに戻るも、一三日、シャロン＝シュル＝ソーヌで一行に合流して、四人で南仏を旅行し、マルセーユからレオニダス号に乗船して、ナポリに向かう。一一月八日、一行をナポリに残してマルセーユ経由で帰国の途につき、二七日にパリに帰着。

一二月、《人間喜劇》第四巻「私生活情景」を刊行（『グランド・ブルテーシュ奇譚』が、単独で収録されている）。

一二月二日、バルザックの奔走により、「リレット」ことアンリエット・ボレルは聖母訪問会の修道女となる。バルザックも誓願式に立ち会う。

一二月二二日、シテ島のピモダン館（現在のローザン館）での、ゴーティエ主催によるハシッシュ吸引会に参加。ボードレールもいた。

一二月二六日、鉄道でルーアンに向かい、ハンスカ夫人との生活に備えて黒檀の家具を購入する。
＊『蜜月』（『ベアトリックス』第三部）を刊行。『結婚生活の小さな悲惨』一七章分、を発表。

一八四六年　四七歳
この頃、ハンスカ夫人から結婚準備にと大金を受け取り、値上がりを見込んで北部鉄道の投資にまわすかたわら、絵画や家具を買いまくる。
三月一六日、パリを郵便馬車で出発し、リヨンを経て、マルセーユからメントール号に乗船し、チヴィタヴェッキア港からローマへ。二五日、その冬をナポリで過ごしたハンスカ夫人と合流する。ローマでは、教皇グレゴリウス七世にも謁見、ブロンツィーノ（模作か？）などの絵画を買いあさる。
四月二二日、チヴィタヴェッキア港からジェノヴァへ、そしてマッジョーレ湖畔などに滞在した後、スイスに入り、ジュネーヴ、ベルン、バーゼルを経てハイデルベルクへ向かう。

五月二六日、ハンスカ夫人と別れて、二八日パリに帰着。

六月二日、ハンスカ夫人から妊娠したらしいとの報せを受けて、大感激する（当時、四二歳だから、高齢出産となる）。男児と決めこんで、名前はヴィクトール＝オノレとする。

八月二九日、《人間喜劇》第一六巻「分析的研究」が刊行されて、全一六巻が完結。

八月三〇日、ハンスカ夫人に会うべくパリを出発してドイツに向かい、九月一五日に戻る。

九月二八日、フォルチュネ通り二二番地（現在のバルザック通り、凱旋門近く）の、古い屋敷を購入。

一〇月九日から一七日、ハンスカ夫人の娘アンナの結婚式の立会人となるべく、ヴィースバーデンまで往復。

一二月一日、ハンスカ夫人がドレスデンで流産したことを知らされて（女児であった）、しばらく筆を持てなくなる。

一二月一七日、足を捻挫する。これが三度目で、しばらく動けなくなる。
＊『従妹ベット』を発表。

一八四七年　　四八歳

一月末、〝家政婦〟ブリュニョル夫人を、ようやく解雇する。

二月六日、フランクフルトでハンスカ夫人と落ち合い、パリに連れてくると、フォルチュネ通りに近いヌーヴ＝ド＝ベリー通りのアパルトマンに住まわせる。そして二人で、お忍びで、オペラやコンサートなどに出かける。その一方で、精力的に執筆や校正にあたるなど、ふたたび充実した時期を迎える。

四月一五日、フォルチュネ通りに引っ越す。

五月、ハンスカ夫人をドイツまで送る。以後、新居となる、フォルチュネ通りの屋敷の整備に取り組む。

六月二八日、ハンスカ夫人に対する包括遺贈を内容とする遺言書を作成。

七月、「プレス」紙への『農民』の連載をめぐり、発行人のジラルダンともめて、ついに両者は決別してしまう。

九月五日、パリ北駅から出発して、駅馬車などを乗り継いで、一三日、ウクライナのヴェルホヴニャに到着し、翌年一月まで滞在する。
＊『従妹ベット』『従兄ポンス』『ヴォートラン最後の変身』（『娼婦の栄光と悲惨』第四部）を刊行。

一八四八年　四九歳

一月末、ウクライナを発って、クラクフ経由で、ドレスデン、マインツの骨董商などを訪ねながら、二月一五日にパリに戻る。

二月二二日、二月革命が勃発し、二四日、バルザックは、チュイルリー宮殿での掠奪を目撃。こうして七月、王政が崩壊する（「パリはごろつきに牛耳られました」ハンスカ夫人への書簡）。

北部鉄道株の暴落。新聞社・出版社も

萎縮して、原稿掲載や小説の出版がむずかしくなる。そこでバルザックは、芝居に活路を求めようと考えて、あれこれ試みるが、成功を収めることはできない。

六月三日、パリを列車で発って、一か月間、サシェの館に滞在するも、重い心臓病の徴候が現れたりして、執筆は進まず。

七月八日、シャトーブリアンの葬儀に参列。空席となったアカデミー・フランセーズの地位を望む。

九月一九日、ケルン行きの列車でパリを出発、二七日にハンスカ夫人の屋敷に到着して、一八五〇年四月まで滞在。以後、死ぬまで、ハンスカ夫人と離れることはない。

一二月、フュルヌ版《人間喜劇》の補遺として、第一七巻を刊行（『従妹ベット』『従兄ポンス』を収録）。

一八四九年　五〇歳

この年は、ずっとウクライナで過ごす。

一月一一日ならびに一八日、アカデミー・フランセーズの二つの空席をめぐる、二つの選挙。バルザックは、ほとんど得票できずに落選。

五月、ハンスカ夫人とともにキエフに短期滞在。

六月、心臓発作を起こす。クノテ医師は、心臓肥大症と診断。

七月、バルザックとの結婚をロシア皇帝に願い出たハンスカ夫人は、その場合は、領地の継続所有は認められない旨の通知を受けとる。

一〇月末、断続的な頭痛と発熱。

一八五〇年　五一歳
年明けから、悪性の風邪に苦しむ。

三月一四日、ベルディチェフの教会で、ついにハンスカ夫人と結婚する。

四月二四日、病状が改善せず、フランスに帰ることにする。

五月一六日、ヴェルホヴニャに残った義理の娘のアンナに手紙を書く。

五月二〇日頃、パリ、フォルチュネ通りの自宅に帰る。やがて、健康状態が悪化して、ナカール博士など四人の医師の診察を受けるも、状態は悲観的であった。

六月四日、夫婦のどちらかが死亡した場合には、配偶者に包括遺贈する旨の遺言書を作成する。

七月六日、ルイ医師、ユゴーに、バルザックは「六週間のいのち」と伝える。

七月一八日、ユゴーがバルザックを見舞う。バルザックは元気に議論を交わす。

七月二四日、穿刺《せんし》治療の開始。

八月、壊疽が起こり始める。「すべては、この結婚という大きな幸福の代わりに、天がお求めになった代償なのです」（妻が代筆した手紙より）。

八月一八日、ユゴーが見舞いに来るも、意識がない。午後一一時半、バルザック死去（享年五一）。翌日、遺体は、すでにぐ近くのサン＝ニコラ礼拝堂に安置される。
八月二一日、サン＝フィリップ＝デュ＝ルール教会で葬儀。ユゴー、デュマ、内務大臣バロッシュ、「文芸家協会」代表のフランシス・ヴェイ（一説には、サント＝ブーヴ）が、棺の紐を持った。その後、ペール＝ラシェーズ墓地に埋葬。ユゴーが墓前で、バルザックの才能を讃える演説をおこなう。バルザックは今も、このペール＝ラシェーズ墓地に、妻のエヴェリーナと共に眠る。

一八五五年
＊フュルヌの後継者ウシオーにより、《人間喜劇》の補遺として、第一八巻（『暗黒事件』『農民』など）、第一九巻「戯曲」、第二〇巻『風流滑稽譚』が刊行される。

本年譜を編むに際しては、主として以下のものを参考にしている。

Balzac en son temps, in Balzac, *Lettres à Madame Hanska*, Tome 1, Robert Laffont, coll. Bouquin, 1990.
Chronologie de Balzac, in Balzac, *La Comédie humaine*, Tome 1, Gallimard, coll. Pléiade, 1976.

Stéphane Vachon, *Les travaux et les jours d'Honoré de Balzac*, Presses du CNRS, 1992.
佐野栄一・大矢タカヤス編「バルザック年譜」、（《バルザック「人間喜劇」セレクション》別巻2『バルザック「人間喜劇」全作品あらすじ』所収、藤原書店、一九九九年）

訳者あとがき

寝る間も惜しんでラブレーとモンテーニュの翻訳をやっているのに、おまえときたら、何を酔狂な！　バルザックの翻訳にうつつを抜かすなんて！　もうひとりのわたしが、わが身を叱る声が聞こえてくる……。

「古典新訳文庫」の駒井編集長が駒場まで足を運んでくださり、なにかやりませんかと強く誘ってくれたのは、四年ほど前のことであったろうか。ラブレーとモンテーニュの板挟みで身動きがとれなかったものの、短編かなんかならば、気分転換にもいいから、やってみたらどうだという悪魔の誘いに乗ってしまった。

いくつかの候補のなかから、結局、バルザックに白羽の矢が立てられた。やがて、同文庫から、わが愛するブッツァーティの短編集が上梓された。快挙ではないか！　同文庫への愛着も一気に増して、翻訳作業もスピードアップした。

ところで、冒頭に掲げた『グランド・ブルテーシュ奇譚』を独立した短編として翻訳したことについては、個人的な理由が存在する。ひとこと書かせていただく。

経済学部に行って商社マンにでもなろうと思って、大学に入学したものの、途中で気が変わったわたしは、やはり自分の好きな文学をやろうと決心して、進学先に文学部仏文科を選んだ。その内定生のとき、「初修外国語」（当時は、第二外国語といった）の授業で、非常勤の高山鉄男先生――こちらにとってはなによりも、ル・クレジオの訳者として輝ける存在であった――に、教科書版でこの作品を教わったのである。とはいえ、翻訳のフランス文学は好きでも、フランス語はからっきしできない。そこで、水野亮訳『海邊の悲劇』（岩波文庫）を古本屋で探してきて（「グランド・ブルテーシュ綺譚」として収録）、これを逐一参照しながら、悪戦苦闘したことは忘れがたい。語学的なことはさておいて、この塗り込め話の恐怖は十分に味わうことができた。

また、その少し前には、同じく初修外国語のクラスで、これも非常勤の石井晴一先生――作家大江健三郎の誕生に立ち会った級友として、これまた輝ける存在だった――に、『知られざる傑作』を教わっていた。こちらの作品は、若造には高級すぎたのだろうか、おもしろさが理解できたとはいえない。いま、岩波文庫の水野亮訳『知られざる傑作』を取り出してみると、随所にボールペンで日付が書きこんである。毎回の授業の終わりの個所を、水野訳にもメモしていたものらしい。やがて、定期試験の代わりにレポート提出ということになったのだけれど、似たり寄ったりのレポートを出した、われわれ悪童三人組は石井先生に呼び出しを食らってしまい、青山学院大学の研究室まで、のこのこ出かけていった。カフェでサンドイッチをごちそうになりながら、お叱りを受けたのは、むしろ良き思い出だ。

このようにして、わたしは身分不相応《モルガナチクマン》にも、バルザックの代表的な短編を二つ、わが国を代表する二人のバルザック研究者《バルザシアン》に教わる光栄に浴したのだった。ここで両先生に、当時のふまじめさのお詫びとともに、感謝の気持ちを表明させていただきたい。

巻末の年譜は、詳細なものを作成した。バルザックのドラマチックで、愛すべき生涯に親しみを抱いて、そこから誕生した、他の多くの作品へと読み進めてくれればという希望からである。作成にあたっては、とりわけステファヌ・ヴァションの『オノレ・ド・バルザックの仕事と日々』（一九九二年）のお世話になった（原題は年譜の末尾に掲げた）。バルザック作品の誕生と、その後の変転・流浪の歩みを、きわめて丹念に、また正確無比にフォローした、年表形式の名著である。

実は、獨協大学主催で「バルザックとその時代」という国際シンポジウムが開催された折りに、畏友柏木隆雄の紹介で、ヴァション氏と親しく話す機会を持つことができた。それのみならず、この著作を頂戴してしまったものだから、いつかはこれを活用しなくては相すまないと思っていた。この場を借りて、ヴァション、柏木隆雄のお二人に深く感謝したい。

なお、このシンポジウムには、碩学ロラン・ショレも招かれていた。ある意味で「人間喜劇」以上におもしろい部分がある、プレイヤード版『バルザック雑文集』編集にとって不可欠の学者である。第二巻(一九九六年)までしか出ていないが、第三巻が待ち遠しくてといったら、とにかくわからないことがあって大変なのでと、編集の苦労を語ってくれた。さもありなんと思う。

「書籍業の現状について」は、その『バルザック雑文集』第二巻から翻訳したのだけれど、背景となる事実が知りたいなという個所に、注がなかったりもする。ショレほどの学殖をもってしても、やはり、当時のジャーナリズムや出版の具体的なコンテクストについては、詰め切れない部分が残ってしまうにちがいない。それでも、こうした「雑文」——ある意味で、そこにバルザックの本質が凝縮されている——を紹介できて、満足している。「人間喜劇」の世界だけではなく、「雑文」の世界のバルザックに対する関心が高まるきっかけとなれば幸いである。

最後になりましたが、駒井稔編集長、堀内健史さん、今野哲男さん、本当にありがとうございました。

二〇〇九年八月　　宮下志朗

kobunsha classics
光文社古典新訳文庫

グランド・ブルテーシュ奇譚《きたん》

著者　バルザック
訳者　宮下《みやした》 志朗《しろう》

2009年9月20日　初版第1刷発行

発行者　駒井 稔
印刷　慶昌堂印刷
製本　ナショナル製本

発行所　株式会社光文社
〒112-8011東京都文京区音羽1-16-6
電話　03（5395）8162（編集部）
03（5395）8113（書籍販売部）
03（5395）8125（業務部）
www.kobunsha.com

ISBN978-4-334-75186-9 Printed in Japan

いま、息をしている言葉で、もういちど古典を

長い年月をかけて世界中で読み継がれてきたのが古典です。奥の深い味わいある作品ばかりがそろっており、この「古典の森」に分け入ることは人生のもっとも大きな喜びであることに異論のある人はいないはずです。しかしながら、こんなに豊饒で魅力に満ちた古典を、なぜわたしたちはこれほどまで疎んじてきたのでしょうか。

ひとつには古臭い教養主義からの逃走だったのかもしれません。真面目に文学や思想を論じることは、ある種の権威化であるという思いから、その呪縛から逃れるために、教養そのものを否定しすぎてしまったのではないでしょうか。

いま、時代は大きな転換期を迎えています。まれに見るスピードで歴史が動いていくのを多くの人々が実感していると思います。

こんな時わたしたちを支え、導いてくれるものが古典なのです。「いま、息をしている言葉で」——光文社の古典新訳文庫は、さまよえる現代人の心の奥底まで届くような言葉で、古典を現代に蘇らせることを意図して創刊されました。気取らず、自由に、心の赴くままに、気軽に手に取って楽しめる古典作品を、新訳という光のもとに読者に届けていくこと。それがこの文庫の使命だとわたしたちは考えています。

このシリーズについてのご意見、ご感想、ご要望をハガキ、手紙、メール等で文芸編集部までお寄せください。今後の企画の参考にさせていただきます。
メール　info@kotensinyaku.jp

光文社古典新訳文庫　好評既刊

変身／掟の前で　他2編
カフカ
丘沢静也　訳

家族の物語を虫の視点で描いた「変身」をはじめ、「掟の前で」「判決」「アカデミーで報告する」。カフカの傑作四編を、〈史的批判版全集〉にもとづいた翻訳で贈る。

鼻／外套／査察官
ゴーゴリ
浦雅春　訳

正気の沙汰とは思えない、奇妙きてれつな出来事。グロテスクな人物。増殖する妄想と虚言の世界を落語調の新しい感覚で訳出した、著者の代表作三編を収録。

海に住む少女
シュペルヴィエル
永田千奈　訳

大海原に浮かんでは消える、不思議な町の少女の秘密を描く表題作。ほかに「ノアの箱舟」、イエス誕生に立ち合った牛を描く「飼葉桶を囲む牛とロバ」など、ユニークな短編集。

新アラビア夜話
スティーヴンスン
南條竹則
坂本あおい　訳

ボヘミアの王子フロリゼルが見たのは、「自殺クラブ」での奇怪な死のゲームだった。「ラージャのダイヤモンド」をめぐる冒険譚を含む、世にも不思議な七つの物語。

ワーニャ伯父さん／三人姉妹
チェーホフ
浦雅春　訳

棒に振った人生への後悔の念にさいなまれる「ワーニャ伯父さん」。モスクワへの帰郷を夢見ながら、出口のない現実に追い込まれていく「三人姉妹」。人生の悲劇を描いた傑作戯曲。

光文社古典新訳文庫　好評既刊

1ドルの価値／賢者の贈り物　他21編

O・ヘンリー
芹澤　恵　訳

西部・東部・ニューヨークと物語の舞台を移しながら描かれた作品群。二十世紀初頭、アメリカ大衆社会が勃興し急激に変わっていく姿を活写した短編傑作選。（解説・齊藤　昇）

黒猫／モルグ街の殺人

ポー
小川　高義　訳

推理小説が一般的になる半世紀前、不可能犯罪に挑戦する探偵・デュパンを世に出した「モルグ街の殺人」。現在もまだ色褪せない恐怖を描く「黒猫」。ポーの魅力が堪能出来る短編集。

黄金の壺／マドモワゼル・ド・スキュデリ

ホフマン
大島かおり　訳

美しい蛇に恋した大学生を描いた「黄金の壺」、天才職人が作った宝石を持つ貴族が襲われる「マドモワゼル・ド・スキュデリ」ほか、鬼才ホフマンが破天荒な想像力を駆使する珠玉の四編！

白《びゃく》魔《ま》

マッケン
南條　竹則　訳

妖魔の森がささやき、少女を魔へと誘う「白魔」や、平凡な銀行員が〝本当の自分〟に覚醒していく「生活のかけら」など、幻想怪奇小説の大家マッケンが描く幻想の世界、全五編！

だまされた女／すげかえられた首

マン
岸　美光　訳

アメリカ青年に恋した初老の未亡人（「だまされた女」）と、インドの伝説の村で二人の若者の間で愛欲に目覚めた娘（「すげかえられた首」）。エロスの魔力を描いた二つの女の物語。

★続刊

訴訟　カフカ／丘沢静也・訳

銀行員ヨーゼフ・Kは、ある朝とつぜん逮捕される。なぜなのか、何の裁判なのかまったくわからないまま、窮地に追い込まれていく……。従来のおどろおどろしく深刻ぶった『審判』から脱却、「軽やかで明るい」カフカをめざした革新的新訳。

ジーキル博士とハイド氏　スティーヴンスン／村上博基・訳

高潔温厚な紳士ジーキル博士と、邪悪な冷血漢ハイド氏。善と悪に分離する人間の二面性を追求した怪奇小説の傑作が、名手による香り高い訳文で甦った。十九世紀ロンドンの闇のなかで、恐怖と謎解きが畳み掛けるように展開する！

貧しき人々　ドストエフスキー／安岡治子・訳

ペテルブルグの小心で善良な小役人マカールと、孤独に生きる薄幸の乙女ワーレンカ。不幸ゆえに惹かれ合い、貧しさのために引き裂かれる愛の物語が、二人の往復書簡で語られる。人間心理の葛藤を赤裸々に描いた、著者二十四歳の処女作。